무
료
주차장 찾기

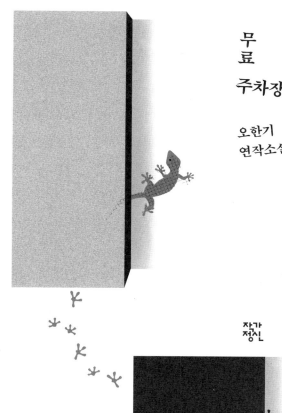

무
료

주차장 찾기

오한기
연작소설집

작가
정신

차
례

발문
에세이를 쓰기로 하고 소설 쓰기
_김화진(소설가)

    나는 이제 오한기를 믿지 않기로 했다. 내 말은, 언제까지 오한기가 소설이라면 소설이라 믿고, 에세이라고 하면 에세이라 믿으며 그의 글을 읽어야 하냐는 것이다. 지금까지는 웃기니까 봐준다, 속는 셈 치고 한 번 더, 마지막으로 한 번만 더 하며 믿어왔지만 이제부터는 그러지 않을 참이었다. 나는 그에게 속아온 긴긴 역사가…… 있다……. 따지자면 대단히 오랜 역사는 아니지만.

    나는 2023년, 민음사의 에세이 시리즈 '매일과 영원'

계약 미팅으로 오한기 소설가를 만났다. 아니다. 처음 만난 것은 그 전이다. 2021년, 문학잡지 《릿터》의 인터뷰 덕분에 오한기 소설가를 처음 만났다. 그때 알았어야 했는데……. 인터뷰 때 오한기 소설가의 화법을 떠올려보면 이런 식이었다. "비트코인 하세요? 그게 진짜 돈 버는 방법이라는데…… 근데 저는 비트코인 안 해요." "점 같은 거 보세요? 논현역 쪽에 용한 집이 있다는데…… 근데 저는 점 안 봐요."

그가 '~하다던데'와 '근데 전 안 해요'라고 말하는 사이에 들어가는 말줄임표에는 그가 청산유수로 전해준 세상 사는 지식이 있었다. 나는 들어본 적도 없고 관심도 없던 비트코인 하는 사람들, 더 나아가 비트코인의 미래를 믿는 사람들, 서울 곳곳의 유명한 점집, 자기만의 이유로 그 점집들을 모두 찾아다니는 사람들, 그런 이야기를 태연한 표정으로 줄줄 해주어서 어떻게 저걸 다 알지……? 뭐야 똑똑한 사람인가?라고 생각하며 집중해서 듣다 보면 마지막은 항상 푸슈슈, '근데 전

안 해요, 전 안 믿어요, 하고 끝났다. 뒤통수를 치는 반전 결말에 하하하 웃으며 아 뭐예요, 하고 나면 머쓱해지는 순간이 왔다. 복기하다 보니 다시 이마를 치게 된다…… 역시…… 그때부터 알았어야 했는데…….

하지만 후회해도 이미 늦었고 그때 나는 그가 지닌 유유자적 방랑 선비 같은 말투와 이야기보따리 푸는 할머니 같은 태도에 약간 홀렸던 것 같다. 나도 모르게야 이 사람 어딘가 고전미가 있다……는 판단을 내리고 있었다. 그의 이야기에는 말 그대로 고전적인 데가 있었다. 왜 그런 거…… 청산에 살어리랏다…… 하늘 아래 뫼이로다…… 선화 공주 맛둥 도령이랑 결혼하고 밤의 허리를 굽이굽이 버혀내는…… 욕심이 있는 듯 없는 듯, 이야기가 끊일 듯 끊이지 않을 듯 하고 안절부절하면서도 대쪽 같은 구석이 있는…… 옛날이야기 같은 느낌. 나는 그렇게 이리저리 방향을 홱홱 바꾸며 끝 모르고 걷는 정처 없는 이야기를 무척 좋아했고, 그 방면에 오한기는 단연 이야기꾼이라고 할 만했다.

　그리고 당연하게도, 그의 소설도 그런 구석이 있다. 예를 들어, 소설마다 한없이 늘어가는 그의 직업이 그렇다. 오한기는 「무료 주차장 찾기」에서 본업인 작가 이외의 부업으로 "온라인 마케팅 프리랜서"를 덧붙이는데, 바로 다음 소설 「숲 체험」에서 그의 직업은 여섯 개로 늘어난다. "소설가, 드라마 작가, 아빠 (……) 음식 배달, 블로거, 무인문구점 매니저."(「숲 체험」) 그리고 「반품 알바」에서는 거기에 또 하나가 더해진다. "다이소 노브랜드 가성비 상품 리뷰 유튜브."(「반품 알바」) 이 소설에 소개된 그의 일자리는 이것이 전부가 아니다. 꽃 배달과 반품 알바까지 포함시켜야 한다. 한눈에 봐도 김수한무거북이와두루미…… 같은 방식으로 고전미 1을 쌓는데, 거기에 더해 오한기가 체험한 일자리의 대부분이 봉이 김 선달 식이라는 사실이 고전미 1을 더 추가한다. 근데 이제 좀 잘 안 풀리는 봉이 김 선달…….

거기에 도깨비에 홀린 듯, 아이들이 많이 오는 무인문구점 매니저로 시작했던 일은 아이들을 맡아주는 보육시설 매니저가 되고, 도마뱀 반품 알바로 시작했던 일 역시 도마뱀 보육 알바가 되는 요술 같은 일까지…… 이게 고전미가 아니고 뭐란 말인가.

그런데 바로 앞 문장과 같은 부분에서, 오한기는 아주 치밀하게 자신의 소설을 의심하려는 독자의 마음을 흔든다. 그러니까 이게 육아 소설집이 아니냐고, 나직하고도 은근하게 묻는 것이다. 이 소설집에, 육아가 없어 그래서? 내 말이 다 뻥이야? 그렇게 물으면 아주 오랜 시간을 들여 오한기를 믿지 않기로, 그가 콩으로 메주를 쑨대도 믿지 않기로 한 나 같은 독자의 마음은 어이없게도 흔들리고 마는 것이다. 아 맞긴 하지…… 보육이 육아고 세 편의 글에서 모두 그 일을 하고 있으니까…… 아닌 건 아닌 것이다…… 그런데…… 왜 이렇게 찝찝한 거지? 도깨비에 홀린 것처럼. 분명 눈앞에서 전우치를 봤는데 눈 깜짝할 사이 전우치는 간데없고

족자 속 그림이 움직이는 것만 멍하니 바라보는 탐관오리가 된 것 같은 기분.

앞서도 말했지만 나의 의심병에는 역사가 있다. 그건 소문만 무성하고 실체가 없는 환상의 책, 오한기의 문학론 에세이 「소설 쓰기 싫은 날」의 연재 담당 편집자 시절부터 씨앗이 움트고 싹을 틔운 병이다. 작가의 문학-일상에 대한 신념과 상념 같은 모든 글을 다루는 에세이 시리즈를 제안하고, 그가 수락한 뒤, 연재 일정을 잡고, 프롤로그에 해당하는 0화와 본격 시작을 담은 1화 원고 파일을 받은 나는 두근두근하며 그 파일을 열었다. 0화. 그래. 좋다. 이런 게 프롤로그지. 그리고 1화. 음…… 1화의 시작은 이렇다.

『산책하기 좋은 날』은 실화에 가까운 소설이다.

매니지먼트 소속 기획 작가인 오한기는 코로나로 인해 재택근무를 하다가 산책의 즐거움을 되찾게 된다.

소설을 한 문장으로 줄이면 대략 이런데, 작중 화자가 처한 상황 대부분은 현실에서 차용했다. 소설과 다른 건 실제 나는 기혼에 아이까지 있다는 것 정도? 그럼 크리스토퍼 놀란은? 이건 신비주의를 위해 밝히지 않도록 하지. 그나저나 크리스토퍼 놀란이 지난달 〈오펜하이머〉 때문에 내한했을 때 커피 한잔하자고 했는데 귀찮아서 답을 하지 않았다. 미안하지만 난 아직 분이 안 풀렸거든.(오한기, 「소설 쓰기 싫은 날」 1화)

나는 속으로 생각했다. 이 양반이…… 아무리 자유롭게 쓰라고 했어도 그렇지…… 되게 자유롭잖아……. 한 번만 더, 한 번만 더 두고 보자, 하는 마음은 중간부터는 아 뭐 어쩌겠어…… 하는 마음으로, 마지막에 이르러서는 대단하다……라는 마음으로 변해 갔다. '실화에 가까운 소설'의 결과가 「산책하기 좋은 날」이라면 '실화에 가까운 에세이'의 결과가 「소설 쓰기 싫은 날」인 것도 이해가…… 안 가는 바는 아니었기 때문이다……. 결과적으로 나는 오한기가 에세이라고 한 걸 에세이라고 믿기로, 일단 믿고 읽기로 한 번 더 그에게 넘어갔고 화이트보드에 저주에 가까운, 이유 모를 문장들을 적는 정체 모를 괴한의 존재와 오한기 소설 「펜팔」을 원작으로 한 영화 〈펜팔〉의 오디션이 벌어지는 장면들을 전부, 그래 그럴 수도 있지……라는 신뢰의 마음으로 읽게 되었다.

이게 진짜냐 가짜냐를 가릴 새 없이 몰입할 수 있는 부분은 오한기가 대화를 쓸 때였다. 현실에서도 뛰어난 언변을 구사하는 사람답게 그가 쓰는 대화는 생생하고 자연스러웠다. 오한기의 에세이 「소설 쓰기 싫은 날」에 등장하는 모든 대화들, 모든 답변의 신 진진과의 대화, MBTI무새 남 주무관과의 MBTI 논쟁, 읽기만 해도 열받는 팀장과 Gg와의 문자와 통화를 좋아하지만, 그중에서도 내가 가장 좋아하는 대화는 주동과의 대화, 특히 이 부분이다.

주동이 고른 건 『마법의 고민 해결 책』이라는
사천 원짜리 소형 책자였다. (……) 내가 다음에
사준다고 얼버무리자, 주동은 3년 전부터 여기에
드나들며 이 책을 사고 싶었다고 금방이라도 울 것
같은 표정을 지었다.

—그때도 아빠가 짠돌이라 못 샀단 말이야.

주동이 말했다.

주동아, 우리 3년 전에는 자양동에 살았고 너는
글자를 읽지도 못했는데……. 나는 반박하려다가
에휴 사천 원인데 뭐 되뇌면서 키오스크에 『마법의
고민 해결 책』 바코드를 찍고 결제했다.

—아빠 최고!

주동이 외쳤다.(오한기, 「소설 쓰기 싫은 날」 2화)

처음 본 책을 뻔뻔하게 3년 전부터 사고 싶었다며 사
달라고 하는 주동이와 그걸 알면서도 사랑하는 주동
이에게 넘어가주는 아빠. 혹시 이것이…… 독자와 작

가의 관계에 대한 암시였을까……? 어떤 종류의 사랑
으로 알면서도 넘어가주는 읽기…….

그의 에세이에서 주동과의 대화를 가장 좋아했기
에, 오한기가 묶는다는 육아 연작소설집도 믿기로 하
면 믿을 수도 있었다. 여느 때의 나라면 식은 죽 먹기
같은 일이라는 말이다. 그러나 소설을 쓰기 싫다면서
에세이를 17화까지 연재하고, 에세이 쓰기를 제안받고
소설을 세 편 써서 묶는 일은 어떻게 생각해야 할까?
이 어긋난 사랑의 짝대기 같은 출발과 도착은? 최대한
선해서 아, 이 소설가가 지금 힘들구나, 진 빠지게 원
고를 써내어 돈을 벌어야 하는 소설가라면 응당 얻을
수밖에 없는 자기혐오와 번아웃과 우울증과 그런 걸
얻어버린 시기는 아닐까? 하고 생각한 당신이라면 고
개를 들어 이 소설을 봐야 한다.

어느 순간부터 나는 글쓰기에 흥미를 잃었다.

민음사 블로그에 「소설 쓰기 싫은 날」을 연재하던

중이었는데 어느 날부터 아무것도 쓰고 싶지
않아져버렸다. 소설가의 인생은 소설 제목
따라간다는 말이 있긴 한데…… 그 미신을 믿진
않지만…… 설마……. 아무튼 처음에는 이럴 땐
소설을 쓰지 않고 몇 개월이고 쉬면 다시 소설 쓰고
싶은 날이 찾아오기 마련이어서 대수롭지 않게
생각했던 것도 있다. 단순 슬럼프일지도 모르니까.
그래서 「소설 쓰기 싫은 날」도 휴재하고 청탁도
오는 족족 거절했는데…… 그런데 시간이 지날수록
지금 이건 예전과 뭔가 다르다는 느낌이 들었다.
이건 진짜다……. 혹시나 해서 번아웃 증후군과
우울증 테스트를 해봤더니 다음과 같은 결과가
나왔다.

당신은 멘털 킹입니다!(「반품 알바」)

그러니까 다시 한번, 오한기를 믿어야 할까, 말아야

할까? 나는 오한기 소설가가 할 법한 대화 몇 개를 상상해보았다. 소설 믿으세요? 전 안 믿어요. 소설 쓰기 재밌으세요? 전 재미없어요. 그래, 흔들리지 말아야지. 나는 오한기를 믿지 않기로 했다. 그 대신, 오한기의 소설집에 붙일 글을 쓰고 있는 지금을 오한기의 방식, 고전적이고도 환상적인 방식으로 써보기로 한다.

　　소설을 쓰기 시작한 이후로 얄궂게도 소설에 쓰면 현실에서도 소설에 쓴 것과 비슷한 일이 벌어지는 바람에 놀라워하던 일이 종종 있은 뒤로 나는 아무리 픽션이라도 조심스럽게 쓰는 버릇이 생겼다. 예를 들어 지난해 여름 나는 우연히 영화제에서 사람들과 어울리며 그들과 작업실을 함께 쓰게 되는 이야기를 단편소설로 썼는데, 일 년하고도 몇 개월이 지난 지금 나는 정말로 어떤 영화인들과 작업실을 함께 쓰게 되었고 그 작업실에서 여러 편의 원고를 썼다. 이런 식으로 주어지는 삶의 랜덤 게임을 혼자 킬킬거리며 즐거워하는 나날을 보내던 중 나는 어느 소설집에 들어갈 발문을 쓰기 위해 평소처럼 작업실을 찾았다. 볕은 따뜻한데 바람이 난데없이 강한 날이었다. 그날 따라 왠지 작업실에 가는 길이 평소와는 약간 다르다는 느낌을 받았다. 한창 작업실로 향해 가던 중 돌풍이 불어와 바닥에 얌전히 쌓여 있던 낙엽을 솟아오르게 했고, 솟아오른 낙엽이 날아와 내 얼굴에 상처를 냈다. 아주 약간 피가 비치는 정도였지만 사람을 놀라게 하기에는 충분했다. 어딘지 뒤숭숭한 마음으로 작업실에 도착한 나는 비어 있던 작업실의 냉기를 지우기 위해 난방기를 켰다. 그런데 어쩐 일인지 한참을 기다려도 작업실은 훈훈해지지 않았다. 이리저리 공간을 살피던 나는 그 원인이 창문 틈으로 미세하게 새어 들어오는 찬바람이라는 판단을 내렸고, 문풍지를 대신할 만한 것을 찾지 못한 나는 조금이라도 더 훈기를 보태기 위해 창문 곁에 초를 켜두기로 했다. 가운데 나무 심지가 타들어가며 내는 소리가 매력적인 우드윅 향초였다. 초에 불을 붙인 지 5분. 작업실에는 은은한 향이 퍼지고 나무 심지 타는 소리가 자작자작 나고 나는 무리 없이 키보드를 도닥도닥 두드리고 있을 때였다. 조용히 타던 나무 심지에서 갑자기 전화벨 울리는 소리가 났다. 따르르르릉……따르르르릉…… 나직하지만 분명하게. 전화벨 소리는 끊겼다. 받을까 말까 한참을 고민하다가, 어차피 혼자인 작업실, 보고 있는 사람도 없겠다, 미친 척하고 타오르는 촛불에 대고 여보세요, 라고 속삭였다. 내가 속삭이자 전화벨 소리는 멈췄고, 몇 초를 더 기다리자 지글거리며 끓던 촛불 소리 사이로 이런 말이 들렸다.

　—저 도마뱀인데요, 보일러 좀 켜달라고 전해주세요.

무료
주차장 찾기

5호선은 반성해야 한다. 나는 고덕역과 상일동역 사이에 살고 있는데, 강동역에서 양 갈래로 갈라지는 하남검단산과 마천 방면은 교통 불모지다. 약속 잡기 꺼리는 입장에서는 좋은 핑계도 된다. 집도 외진 데다가 육아를 전담하다 보니 이동이 어렵다. 그러니 메일로 용건을 주고받는 건 어떤가? 급하면 전화도 좋고…….이렇게까지 말했는데 누군가 우리 집 쪽으로 온다고 할 때는 만나야지 뭐. 미안한 감정이 드는 건 어쩔 수 없다. 그래서 파주에서 고덕까지 찾아와서 책을 내자고 하는 통에 거절할 수 없었다. 『인간만세』 담당 편집자가 제안한 건 육아 에세이 출간이었다. 미취학아동인 딸과 덜떨어진 소설가 아빠가 주인공인 에세이. 내용은 귀엽고 문체는 재기발랄할 것. 자신 없다고 한발 빼자, 『소설엔 마진이 얼마나 남을까』에서 에세이스트로서 잠재력을 발견했다는 믿지 못할 이야기도 들었다.

초등학교 입학 전에 출간합시다. 타이밍이 중요해요.

편집자는 단호했다. 얼떨결에 고개를 끄덕였지만 한편으로는 찝찝했다. 딸을 팔아 글을 쓴다는 것. 매문 행위의 결정체. 최대한 쓰는 방향으로 검토해보겠다는 미적지근한 대답을 하고 집으로 돌아오는 길에 나도 모르게 긍정적으로 사고가 전환됐다. 작가 생활 십 년 만에 드디어 경쟁력이 하나 생겼다는 생각이 든 것이었다. 실제 아이를 키운다는 것 말이다.

고민 끝에 제안을 받아들이기로 결심했다. 고료도 고료지만, 듣자 하니 초등학교 고학년만 되면 아빠랑 대화하길 꺼린다고 하는데, 거리가 멀어진 뒤에도 주동이 이 글을 보고 아빠가 자신을 얼마나 사랑했는지 알 수 있지 않을까 하는 유치한 생각에서 비롯된 판단이었다.

아, 주동은 딸의 이름이다. 주인 주主. 움직일 동動. 주동은 이름과 달리 방관자적 태도를 타고난, 이목구비는 나를 닮았지만 분위기는 진진을 빼다 박은 우리 딸이다. 104센티미터에 16킬로그램. 일곱 살이지만 12월생이라 여섯 살에 가깝고 따라서 키와 몸무게도 왜소한, 사랑스럽기 그지없는 우리 딸…… 참 눈물 나고 일방적인 사랑 고백…….

이것도 말해야겠다. 피치 못할 사정으로 진진과 나는 주말부부로 지내는 중이다. 주동은 나와 고덕동에, 진진은 경주에. 뭐 좋은 얘기라고…… 보는 사람들마다 『나의 즐거운 육아 일기』가 실화냐고 걱정하는 통에 구체적인 사정은 입에 담지 않겠다. 쓰기만 하면 정말로 비슷한 일이 벌어지는 게 징크스라서 아무리 픽션이라도 조심하고 있다. 그러니 에세이라면 더할 나위 없이 조심해야지. 특히 나의 뇌는 타고나길 부정적으로 돌아가므로 더더욱 경계해야 한다. 입이 근질근질한데, 딱 이 한마디만 하고 넘어가겠다. 내 인생은 좋은 방향으로 술술 풀릴 것이고, 나는 곧 억만장자가 되어 하루에도 몇 번씩 갓 구운 마들렌을 사 먹을 수 있을 것이다!

내 본업은 작가지만, 부업으로 갖가지 일을 하며 모자란 생활비를 충당한다. 어디에 가서 말하기는 부끄럽지만…… 아니다, 뭐 범죄를 저지르는 것도 아니고 먹고사는 데 부끄러울 것도 없지……. 나는 한 회사의 온라인 마케팅 프리랜서로 일하고 있다. 구의동 광진구청 인근에 위치한 1인 기업으로 자신을 장 과장이라고 불러달라고 요청한 고용주는 나 외에도 열 명의 자칭 글쓰기 전문가를 선발했다. 조건은 근로계약서 쓰지 않기. 뭐 이 정도야.

말이 좋아 온라인 마케팅이지 블로그 포스팅이 주 업무라고 보면 된다. 제약회사에서 외주 받은 각종 건강 이슈를 주제로 한 블로그 포스팅 말이다. 나는 관절 질환 담당자다. 장 과장이 지정해준 가이드라인을 따르면 되는데, 일 자체는 글쓰기 훈련만 어느 정도 돼 있으면 어렵지 않았다. 작성 원칙은 포스팅 1건당 사진 20장 삽입. 네이버 로직상 인터넷에서 퍼 온 사진보다는 직접 찍은 게 좋다고 한다. 글 내용과 별 상관이 없는 풍경이나 음식 사진이면 된다. 보수는 건당 5만 원. 하나를 쓰면 두 시간 이상이 걸리고 기진맥진해서 낮잠을 자지 않고는 견디지 못한다. 어영부영하다 보면 주동이 집에 오고 간식과 밥을 대령해야 하고 밤새 글을 쓰다가 꾸벅꾸벅 졸고…… 그렇게 하루 일과 끝. 그래도 하루에 하나라도 쓰면 제법 목돈이 되기에 블로그 작성이나 사진 촬영을 게을리할 수는 없었다.

부업에 대해 다소 시니컬하게 말한 것 같은데, 이 일의 장점은 명확했다. 사람을 만나지 않아도 된다는 것.

다시 얘기가 부정적인 쪽으로 흘러가는 것 같긴 한데, 그렇다고 로봇처럼 감정 노동 없이 사회생활을 한다는 뜻은 아니다. 업무 지시도 메신저와 구글시트로 받긴 하지만 끊임없이 장 과장의 눈치를 봐야 했다. 표정이나 지시의 뉘앙스를 직접 접하지 못해서 더 애매했다. 특히 작업 보고를 한 뒤 답장이 없을 때 불안해졌다. 내게 불만이 있구나…… 뭘 잘못한 거지…… 문창과 대학원까지 나와서 블로그 포스팅 하나 제대로 못하고…… 이대로 가다가는 해고당하겠구나……. 직장생활을 할 때 익히 들었던 불안감에 프리랜서의 숙명까지 더해져 과장 살짝 첨가하면 장 과장에게서 회신이 오기 전까지는 아무 일도 하지 못한다. 장 과장에게 메시지가 오면 과장을 조금 더 보태 마이클 조던처럼 하늘로 뛰어오르며 외친다. 나이스! 장 과장은 당근과 채찍을 적절하게 활용하는 능숙한 관리자이기도 했다. 내가 지치는 날엔 어떻게 알았는지 칭찬도 해주었다. 소설가라시더니 역시 프로페셔널하시네요. 글을 너무

잘 쓰셔서 매출에 도움이 되고 있습니다. 정규직 전환
도 고려해보세요.

대충 이런 식의 육아와 돈벌이가 뒤범벅된 이야기
를 풀어서 초고를 쓴 뒤 편집자에게 보내자 살짝 아쉽
다는 회신이 돌아왔다. 감동 없이 리얼하기만 하다나.
나도 인정하는 바이므로 모니터 앞에서 고개를 끄덕였
다. 모름지기 에세이라면 잔잔한 일상을 통해 울림이
나 깨달음 같은 것들을 선사해야 하는데, 나는 타고나
길 그쪽과 거리가 멀다. 그렇다면 재미있기라도 해야
하는데, 재미없는 인생을 포장하는 것도 정도가 있지.
그것도 육아를 하기 시작한 뒤 내 인생은 집 유치원 놀
이터가 전부다. 인간관계도 나 자신과 주동뿐인 데다
고료 몇백만 원 받자고 무슨 일을 벌일 수도 없는 노릇
이니, 참.
그렇게 몇 날 며칠 노트북 앞에 앉아 고민을 하던 중
이었다. 운이 좋다는 표현이 머릿속에 맴돌았지만 막

상 쓰려고 하니 이게 올바른 표현인지 잘 모르겠다. 그래도 당장은 운 좋다는 표현만큼 어울리는 게 없다고 생각하므로 활용해보자면…… 운 좋게도 때마침 이슈가 하나 생겼다. 다름 아니라 바로 주동이 다니는 유치원 일이었다. 주동의 유치원은 명일동 이마트 인근에 위치한 한 달에 30만 원 정도를 지불하면 다닐 수 있는 평범한 곳이다. 특기할 만 한 건 87년도에 만들어졌으니 나랑 나이가 엇비슷하다는 거? 유치원 홍보책자의 문구는 다음과 같다. 엄마가 다녔던 유치원에 아이도 보냅니다. 아빠가 졸업한 유치원에서 아이들이 성장합니다. 증인은 우리 아이들의 부모입니다.

뭐, 길게 이야기했지만, 유치원 자체는 그리 중요한 게 아니다. 이 얘길 하기 위해선 다른 것보다 유치원 버스에 대해 알아야 한다. 주동은 유치원 가는 건 극도로 싫어하지만 유치원 버스는 유독 좋아했다. 샛노란 색에 16인승, 앙증맞음과 괴기스러움의 중간에 위치한 펭귄과 토끼 캐릭터가 그려진 스테레오타입 유치원 버스. 87년생은 족히 돼 보이는 낡은 버스였지만, 주동은 유치원 버스를 볼 때마다 귀엽다는 말을 남발했고 그렇게 가스라이팅 당한 나 역시 유치원 버스를 볼 때마다 귀여워라고 중얼거리는 지경이 이르렀다. 주동아, 얼른 귀여운 버스 타러 가야지…… 그만 자고 어서 일어나렴. 주동아, 저기 엄청 귀여운 버스 오는데…… 지렁이 그만 보고 일어서야지?

그래서 주동이 유치원 버스가 사라졌다고 했을 때, 유치원에 가기 싫어서 거짓말을 하는 줄 알고 피식 웃었다. 주동아, 거짓말을 해도 그렇게 유치원 버스처럼 귀여운 거짓말을! 그런데 알고 보니 진짜였다. 유치원 홈페이지에는 기사가 버스를 몰고 사라졌다며 당분간 운행할 수 없으니 등하원을 직접 해야 한다는 당황스러운 공지가 올라와 있었다.

무료 주차장을 찾으러 갑니다.

보도기사로 접한 사실인데, 기사는 이런 메시지를

남기고 사라졌다고 한다.

　나도 봐서 알지만 기사는 어떻게 설명해야 할지 곤란할 정도로 지극히 평범하게 생긴 오십 대 남성이었다. 처음에는 잘 믿기지 않았다. 이십 대부터 평생을 유치원에서 일했다고 들었는데, 관상학적으로 범죄 혹은 일탈과 어떤 식으로든 연결시키기 힘든 타입이었다. 단순히 회사가 마음에 들지 않으면 그만두면 되지 않나? 왜 폐차해도 백만 원도 받지 못할 유치원 버스를 갖고? 무슨 억하심정이라도 있나? 그나저나 아이들은 무슨 죄지? 버스에 아이를 태우고 서둘러 출근해야 하는 학부모들은? 무엇보다 유치원 버스를 귀여워하는 우리 주동이는 어쩌고? 그런데 대체 왜 무료 주차장 운운하며 사라진 걸까?

　경찰은 일주일이 지나도 기사와 유치원 버스를 찾지 못했다. 나 역시 무료 주차 관련 메시지로 상황을 해석해보려고 하다가 포기했다. 다른 이들도 마찬가지였다. 수수께끼 같은 그 메시지는 곧 잊혀졌다. 학부모들 사이에서는 의견이 분분했다. 짠순이로 유명한 원장이 월급을 미뤄서 기사가 불만을 품었다는 둥, 둘이 원래 부부 사이였는데 기사가 바람을 피웠다는 둥, 기사가 사직서를 냈는데 퇴직금을 받지 못했다는 둥, 아마도 영원히 확인되지 않을 갖가지 음모론이 커뮤니티 채팅방을 떠돌았고, 고덕동뿐 아니라 명일동, 상일동, 강일동…… 신축 아파트, 구축 아파트, 부서진 아파트, 새로 지어지고 있는 아파트…… 말마따나 콘크리트 유토피아인 서울 동쪽 끝에서는 학부모 2인 이상이 모이면 전부 행방불명된 유치원 버스와 기사 이야기를 하느라 떠들썩했다.

CCTV 영상도 뉴스에 공개됐다. 유치원 버스는 고덕뒷길을 통해 강일동과 하남 방향으로 향했고 어느 순간 CCTV 사각지대로 유유히 사라졌다. 말 그대로 유유히 말이다. 유유히…… 이상하게도 이 단어를 싫어하는 건 아닌데 글로는 처음 쓰는 것 같다. 문득 나의 부고에 활용할 수도 있겠다는 생각이 들었다. 향년 150세, 전미문학상 수상을 그토록 바랐지만 문턱에도 오르지 못했던…… 소설가 오한기가 그가 쓴 소설처럼 세상 밖으로 물구나무를 선 채 유유히 걸어 나갔다…….

주동은 유치원 버스가 사라졌다며 한동안 시무룩해하다가 금세 회복됐다. 기사 아저씨가 어디로 간 건지 알아맞히는 퀴즈가 원생들 사이에서 유행이라고 했다. 석률이는 펭귄과 토끼가 유치원 버스를 훔친 진범이라고 했고, 가흔이는 유치원 버스가 실은 단무지라서 어제저녁 기사 아저씨가 짜장면을 먹다가 같이 먹어버린 것 같다고 했다. 하랑이는 유치원 버스가 장난감으로 변해서 이마트에 가면 살 수 있다고 했고, 유리는 개미 떼가 잘게 쪼개 가져간 것 아니냐고 했다. 아이들 입에 오르내리기엔 다소 무거운 사건 아닐까 우려가 되는 한편, 어쩌면 이런 비상식적인 사건에는 아동의 비상식적인 상상력이 맞을지도 모르겠다는 생각도 들었다.

그래서 주동이 넌 뭐라고 했는데?

아저씨, 혹시 뭘 사러 간 거 아닐까?

주동이 답했다. 옳지, 역시 내 딸은 현명하구나. 이게 현실적인 판단이지. 우리는 하원을 한 뒤 놀이터로 향하고 있었다. 초여름의 햇살은 얼굴 곳곳에 땀방울이 송골송골 맺히게 했고, 주동은 덥다고 징징거리면서도 놀이터에서 놀고 싶다고 또 징징거리고 있었다.

주동아, 그래서 아저씨는 뭘 사러 가신 것 같아?

내가 물었다.

수박바?

수박바? 갑자기?

아빠, 나 이따가 수박바 꼭 사줘야 한다.

주동은 이렇게 덧붙이곤 놀이터를 향해 달려갔다. 나는 벤치에 앉았다. 수박바를 먹고 싶은 상태에서 기사가 사러 간 것에 대해 생각한 건지, 수박바 이야기를 하다 보니까 먹고 싶어진 건지, 의식의 흐름을 추적하면서 주동이 뛰어노는 모습을 멀거니 바라봤다. 그랬더니 나도 갑자기 수박바가 먹고 싶어졌다는 놀라운 사실. 그때 주동에게 친구 하나가 달려오는 게 보였다. 동주였다. 동주가 왔다면…… 같이 올 사람이 있을 텐데…….

왔어요?

아니나 다를까, 조나의 목소리가 들렸다. 고개를 돌리자 조나의 둥글넓적한 얼굴과 얼굴보다 더 완벽한 원의 형태를 띤 눈동자가 보였다. 순진무구한 울보 어린아이가 커가면서 수차례 실패를 맛보면 이렇게 생겼을 것 같았다. 물론 순진무구하지 않은 심술보 어린아이가 수차례 실패를 맛봤다면 아마도 나처럼 됐겠지? 나는 미세먼지 없는 여름 하늘처럼 맑은 표정으로 뛰어노는 주동과 동주를 바라보며 우리와 닮은 어른으로 자라지 않을 거라 확신했고, 확신이 맞길 잠깐 기도했다.

맞다. 조나는 동주의 아빠로 나와 동갑이다. 주동과 동주는 같은 아파트에 살고 같은 유치원에 다니며 이름까지 비슷한 단짝이다. 아이들이 친하다고 우리까지 친할 필요는 없지만, 아이들이 자주 어울리면 우리도 많은 시간을 같이 보내야 하기 때문에 어쩔 수 없이 말을 트고 지냈다. 체구가 크고 유달리 외향적인 동주 아빠와 체구가 작고 유달리 내성적인 나. 그런데 우리의 유전자를 물려받은 주동과 동주는 대체 왜 친해진 걸까. 설마 진짜 이름이 비슷하다고? 혹시 아빠가 주 양육자이고 엄마가 회사를 다닌다는 공통점 아래 무의식적인 연대감이 싹튼 건 아닐까. 너무 궁금한 나머지 언젠가 주동에게 왜 그렇게 둘이 친한 거냐고 물었다.

우리 둘 다 아빠를 싫어하잖아. 몰랐어?

주동이 당연한 걸 왜 묻느냐는 듯 시큰둥하게 대답했다. 내가 너를 어떻게 키웠는데…… 아빠를 싫어한다고? 그 이야길 하면서 배시시 웃는 주동을 나는 영원히 싫어하지 못할 것이며…… 영원히 노예로서 성실하게 복무할 것임을 다짐합니다…….

아무래도 조나에 대해서는 좀 더 설명해야 할 듯싶

다. 조나로 말할 것 같으면 국내 굴지의 건설사 세일즈 맨 출신에 이명박의 열렬한 지지자였다. 조나는 유시민의 영향으로 민주당을 지지했다가 조국 때문에 등을 돌리고 안철수를 따라 국민의힘 편에 서면서 이명박을 재평가하기 시작한 자로, 단순히 나이를 먹어가며 지킬 게 많아져서 돌아선 거면서도 이념적 선택으로 포장하는 나르시시스트였다. 언젠가 「펜팔」을 읽고서 정치색이 같다는 이야기를 왜 하지 않았냐고 묻길래 오해를 풀고 싶었지만 괜히 성가셔서 어깨를 으쓱하고 말았던 게 기억난다. 바로 《문장웹진》에 전화를 걸어 내려달라고 요청했는데 그 뒤로 확인을 해보지 않아서 어떻게 됐는지는 모르겠다.

조나는 나를 좋아했다. 본능적인 직관이라서 자세한 설명은 불가능하다는데, 나를 처음 보는 순간 자신과 완벽하게 동일한 인간이라는 생각이 들었다나. 이를테면, 평행세계에 살고 있는 조나. 조나 말에 따르면 나는 조나2였다. 인정한다. 조나에 대해 점차 알아가다 보니 우리에겐 분명 비슷한 구석이 있었다. 하나는 전세사기를 당한 경험이 있다는 것. 그리고 코로나로 인해 실직한 경험이 있다는 것. 하나만 경험한 사람은 많을지언정 둘 다 경험한 이는 흔치 않을 것이다. 언제까지 전세사기와 실직을 우려먹을 거냐는 비판도 있을지 모르겠지만, 뭐 어쨌든 우리는 2020년대 대한민국에서 벌어진 최대 비극의 주인공들이었다. 비트코인 뱅크런이나 분양받은 아파트가 물에 잠기면 최고의 슈퍼히어로가 될 수 있는 유전자가 확실할 텐데…… 조나와 조나2에게 슈퍼히어로 유전자는 없는 모양이다.

아무리 소설일지라도 비극을 희극처럼 킬킬거리면서 떠벌린 건 큰 실수였다. 조나가 「팽사부와 거북이 진진」을 읽고 나에게 더욱 동질감을 느낀 것이다. 뭐 사실이니까. 나로 말할 것 같으면 원금에 법정이자까지 두둑하게 챙겨 받은 자칭 전세사기 전문가이다.

소송으로 가지 말고 순리대로 하세요.

내가 조언했다. 순수한 호의였다. 조나를 도와주는

게 모두에게 이득이었으니까. 조나는 한시라도 빨리 보증금을 받아야 했고, 나는 한시라도 빨리 조나에게서 벗어나고 싶었다. 결론적으로 조나는 전세사기에서 벗어났지만, 나는 조나에게서 벗어나지 못했다. 예상과 달리 조나는 옆 동에 다시 세 들어 이사 왔다.

이렇게 한기 씨랑 헤어질 수는 없죠.

진짜 이유는 모르겠지만, 조나는 너스레를 떨었다.

이번엔 전세보증보험 들었죠?

내가 조나에게 해줄 말은 이거밖에 없었다.

소설은 잘 써져요?

아무튼 그런 조나가 내 옆에 앉으며 물었다. 매번 묻는 질문.

네, 뭐.

내가 답했다. 매번 같은 대답. 네, 뭐, 이상으로 뭘 말하고 싶었는데, 솔직히 다른 답이 떠오르지 않았다.

주동 아빠 때문에 팔자에도 없는 소설이라는 걸 구

상하고 있는데 말이죠.

다음 레퍼토리인데, 조나가 이렇게 말하며 아이디어를 열거하기 시작한다. 그 뒤엔 늘 소름 돋는 말이 따라붙었다. 내 소설에 조금이라도 본인의 아이디어가 들어가면 인센티브를 주어야 한다는 것이었다.

허락 없이 베끼다 걸리면 소송입니다.

조나가 실실 웃었다. 실실 웃으며 농담식으로 말했지만 실실 웃는 통에 더 음흉해 보인달까. 무엇보다 다른 이유로 소름이 돋았다. 다름 아니라 나와 완벽하게 일치하는 사고방식의 소유자이기 때문이다. 나도 농담 반 진담 반 지인들한테 늘 비슷한 말을 하곤 한다. 이윽고 조나는 평행세계에서 아빠가 뒤바뀐 아이들이 주인공인 소설에 대해 이야기를 하기 시작했고, 주동과 동주를 등장인물 삼아 설명할 때는 진짜 소름이 돋았다. 이 소설이 현실이라면 나는 주동에게 어떤 신호를 보내야 할까. 조심해, 조나는 진짜 네 아빠가 아니야…… 내가 진짜 네 아빠란다. 주동아, 미안하지만 아빠 좀 이 지옥에서 구해줄래?

이 스토리 어때요?

조나가 물었다. 대한민국 스토리 공모대전에 같이
응모해볼 생각 없냐고 제안하면서.

아무래도 작가님이 주필일 테니까 상금은 6:4 정도
로 나누는 게 좋지 않을까요? 물론 작가님이 6이에요.
걱정 마세요. 당연히 변호사를 통해 공증할 거니까요.
제가 잘 아는 로펌 사무장이 있는데…….

조나는 신이 나 있었다. 어쨌든 주동이 가운데 끼어
있으니 어떻게 예의를 차려 거절해야 조나의 기분이 상
하지 않을까 고민이 됐다. 그때 주동이 길고 구불구불
한 미끄럼틀 위에서 아빠, 라고 외치며 손을 흔들었다.
사랑스러운 우리 딸, 아빠를 구해주려고 하는구나. 나
도 손을 흔들어줬다. 그때 이 지옥 같은 상황에서 나를
구원해줄 아이디어가 벼락같이 떠올랐다. 화제를 유치
원 버스 분실로 돌리는 것이다.

유치원 버스, 어떻게 생각하세요?

그거 아무리 봐도 주차 문제 같던데요?

조나가 흥미를 보이며 안 그래도 유치원 버스 이야기를 할까 했다고 덧붙였다. 그러면서 모두 기사가 남긴 메시지를 잊었다고 혀를 차며 그 메시지가 바로 키포인트라고 했다. 무료 주차장을 찾으러 간다는 메시지 말이다. 메시지를 다시 떠올려봤자 머리만 아팠고, 주차와 실종…… 대체 둘이 무슨 상관인지 머리를 아무리 굴려도 좀처럼 연결되지 않았다. 내가 고민하는 동안 조나는 뜬금없이 우리 아파트 세입자들이 주차에서 소외되고 있다고 투덜거렸다. 지금도 본인의 차는 외부 유료 주차장에 주차되어 있다고. 아, 말 나온 김에 공통점 하나 더. 우리 아파트는 오래돼서 지하주차장이 비좁았고 세입자들은 저렴한 전세보증금 대신 주차장을 사용하지 못했다. 난 뭐 진진이 차를 갖고 간지라 당장 불편할 일은 없지만…… 아무튼 가면 갈수록 공통점이 많아지는데, 이거.

휴, 이렇게 조나는 항상 옆길로 샌다. 나는 주차장

한풀이를 한참 들은 뒤 틈을 봐서 유치원 버스랑 주차랑 무슨 연관이 있냐고 내비게이션처럼 이야기를 바로 잡아줬다.

딱 보면 몰라요? 무료 주차장 운운하는 메시지를 남겼다는 건 기사가 처했던 상황이 무료 주차장과 거리가 멀다는 뜻이잖아요.

조나가 비웃었다. 조나의 추측에 의하면 기사는 유치원 버스를 인근 공터에 주차하곤 했는데, 어느 날 공터의 주인을 자처하며 나타난 자가 십수 년 동안 쌓인 주차비 수억을 요구했다. 원장은 그걸 기사에게 덮어씌웠고 기사는 파산 위기에 처했다. 그런데 알고 보니 지역 부호가 원장의 하수인이었고······.

설마요. 너무 갔다.

뭐가요?

조나의 인상이 일순간 구겨졌다.

그거 너무 블록버스터 아닌가요?

내가 답했다.

블록버스터라니요? 지금 비아냥거리는 건가요?

아니, 십수 년 동안 무단주차를 했고 주차비가 수억이 나왔다고요?

그게 뭐가 이상해요?

아니…… 애초에 말이 안 되잖아요. 이렇게 조용한 동네에 그런 반전이 있다고요? 있다고 쳐도 너무 진부한데…… 주차용지의 실소유주가 원장이라니요?

그럼 주동 아빠 소설은요?

조나가 되물었다. 얼굴이 붉어진 걸 보니 자존심이 상한 것 같았다. 그리고 나도 덩달아 기분이 나빠졌다. 거기에서 내 소설 이야기가 왜 나와? 왜 내 인생을 폄하하는 거냐고! 아무에게도 그럴 권리가 없다. 독자분들만 빼고. 다시 한번 제 소설을 읽고 불쾌하셨다면 죄송합니다, 독자 여러분.

비정한 놀이터의 세계에서 우린 항상 조연이었다. 기분 상한 걸 티 내자니 싸움이 커질 것 같았고, 딸들이 지켜보고 있는데 치고받고 싸우자니 상상만 해도 얼굴이 화끈거렸다. 그렇다고 자존심을 굽히고 조나의 화를 풀어주는 건 죽기보다 싫었다. 그때 다행히 주동이 왔다.

아빠, 목 말라. 수박바 사서 집에 갈래.

휴, 이번에도 주동이 나를 구원해줬다. 나는 아이스크림을 먹으면 오히려 갈증이 더 심해진다는 잔소리를 꾹 삼키고 못 이기는 척 주동에게 끌려갔다. 얼굴이 붉으락푸르락해진 채 동주에게 끌려가는 조나의 기운을 느끼며. 역시 나의 구원자, 사랑스러운 나의 딸.

그 뒤 한동안 조나를 보지 못했다. 동주는 유치원에 연달아 결석했고, 놀이터에서도 통 보이지 않았다. 신경 쓰지 않으려고 해도 신경이 쓰여서 주동한테 자꾸 물었다. 주동이 말로는 뭐 동주가 배탈인가 감기인가에 걸렸다고도 하고 여름휴가를 갔다고도 하는데 유치원생의 상상력이 포함돼 있는지라 어느 것 하나 확실하지 않았다. 미안하다고 사과라도 해야 하나 싶어 하루에도 몇 번씩 문자를 썼지만, 뭐 그렇게 미안해할 일을 한 걸까 싶기도 해서 보내지 않았다. 솔직히 말하면 마음이 그리 좋지 않으면서도 상황이 이대로 유보되길 바라는 마음도 공존한달까.

게다가 개인적으로 조나에 대해 더 이상 생각할 겨를이 없었다. 나는 멘털적으로 무너진 상태였다. 급여가 제때 지급되지 않은 것이다. 혹시 이런 걸 따지는 것도 눈치를 봐야 하나 주저하다가 참다못해 메시지를 보냈더니, 지금 경색으로 일시적 혼선이 있는 것뿐이라며 일주일만 기다려주면 곧 해결하겠다는 대답이 돌아왔다.

일주일을 기다렸는데도 상황은 같았다. 아니, 더 악화됐다. 장 과장과는 아예 연락이 두절됐다. 아무리 메시지를 보내도 회신이 없었다. 카드비를 메울 때가 되어서 마음이 급해졌고, 진진에게 돈을 달라는 이야기를 꺼내기엔 아무리 부부 사이라도 염치가 없었다. 내가 주체적으로 할 수 있는 거라곤 비슷한 처지의 프리랜서들이 모여 있는 텔레그램방에 접속하는 일이 유일했다. 법적 분쟁이나 탄원서 작성, 언론사 인터뷰 같은 생산성 있는 논의를 하다가 변호사 수임료만 해도 떼인 급여보다 비싸다는 사실을 안 뒤부터는 신세 한탄만 늘어놓기 시작했지만 말이다.

구의동 회사에 직접 찾아가보기도 했다. 사무실이 있는 3층으로 올라가니까 문은 굳게 잠겨 있었고 그 앞에 택배 상자들이 쌓여 있었다. 통창 안으로 사무실이 들여다보였다. 급하게 자리를 뜬 듯 에어컨이 돌아가고 있었고, 책상은 어수선하게 어질러져 있었으며, 탕비실은 강도가 턴 것처럼 비어 있었다. 경비원한테 문의해보니 불과 며칠 전까지만 해도 장 과장이 드나들었는데 어느 순간부터 보이지 않았다고 했다. 장 과장의 차종과 번호를 알아낸 뒤 지하주차장으로 갔더니 경비원이 말해준 그랜저가 없었다. 나는 경비원에게 장 과장의 차가 들어오면 연락 달라며 커피와 빵을 사드리고 돌아왔다.

한숨이 나왔다. 노트북 바탕화면에는 미처 인터넷에 업로드되지 못한 각종 관절 질환 포스팅이 가득했다. 고관절 통증 원인, 관절에 좋은 음식, 무릎 안쪽 통증…… 이걸 대체 어디에 써먹을지…… 사십 년 뒤의 내가 퇴행성관절염에 걸렸을 때나 필요하지 않을지……. 나는 장 과장에게 하루에도 몇 번씩 메시지를 남겼다. 회사 사정은 충분히 이해합니다. 기다려드릴테니 월급만 보내주세요, 장 과장님.(눈웃음) 장 과장님 저 죽어갑니다.(눈물)(눈물) 장 과장님, 유치원생 딸과 거리로 나앉게 생겼어요.(괴로움)(해골) 이 씨발 사기꾼 새끼야 내 돈 내놔(화남)(분노)…….

그러던 어느 날이었다. 경찰조사 결과가 들려왔다. 유치원 버스와 기사는 여전히 행방이 묘연했지만 조사 결과는 궁금증을 어느 정도 충족시켜 주었다. 기사가 남긴 메시지에 대한 의문이 풀린 것이다. 놀랍게도 주차 문제가 맞았다.

맞죠?

얼마 지나지 않아 조나에게 거들먹거리는 표정의 이모티콘이 날아왔다. 며칠 뒤 주동과 동주는, 아니, 나와 조나는 놀이터에서 만났다. 조나는 와이프 휴가에 맞춰 세부로 가족 여행을 다녀왔다며 망고 과자를 툭 던졌다.

거봐요, 블록버스터가 맞잖아요.

조나가 실실거렸다. 그동안 조나에 대해 생각했던 모든 순간이 후회될 만큼…… 이 인간, 전혀 달라진 게 없었다.

성가시게 굴까 봐 조나에게 말하지 않았지만 굳이 딴지를 걸어보자면 조나의 추측과 디테일은 달랐다. 블록버스터라기보다는 현실을 살짝 부풀린 사회고발 드라마 정도 느낌이랄까. 근본적인 원인은 원장의 갑질이었다. 유치원이 주택가에 위치해 있어서 주차할 데가 마땅치 않은데, 원장이 정직원 전환을 인질 삼아 수십 년 동안 주차비용을 기사에게 부담시켰다는 것이었다. 더군다나 기사가 암묵적 동의를 했기에 법적으로는 문제가 되지 않는다는 빤한 이야기. 여기에 대해서는 또 몇 가지 썰이 전해지는데, 쓰는 사람이나 읽는 사람이나 서로 피곤하니 굳이 남기지 않아도 될 듯하다. 확실한 건 기사가 남긴, 무료 주차장을 찾으러 간다는 메시지에 이제 공감할 수 있다는 것이다.

내 생각으론 유치원과 기사는 모두 피해자이자 가해자였다. 그리고 어떻게 보면 나 역시 가해자 겸 피해자다. 주동을 이 유치원에 보내면서 벌어진 일이라는 사실만으로 약간의 죄책감이 느껴진달까. 이거, 너무 착한 척하는 건가?

내가 피해자라는 건 좀 더 명확했다. 유치원에 데려다주는 것도 하루이틀이지, 집에서 유치원까지는 걸어서 30분 거리였고, 아이를 키워봤으면 알겠지만 미취학아동과 함께 30분 거리를 걷기에는 무리가 따랐다. 그것도 이 무더위에. 버스를 타면 멀미를 한다고 칭얼거렸고, 지하철은 덜컹대는 소리가 무섭다고 난리를 피웠다. 유아차에 태워 가면 피차 편하겠건만 일곱 살이라서 친구를 만나면 창피하다고 고집을 피웠고, 킥보드에 태우고 끌고 가자니 뒤틀린 자세 때문에 디스크가 도질 것 같았다. 중고차를 한 대 뽑자니 배보다 배꼽이 클 것 같고 무엇보다 주차할 데도 마땅치 않았다. 비라도 오면 유치원에 못 가니까 손해가 이만저만이 아니었다. 주동이 집에 있으면 아무것도 하지 못했고 업무 시간을 마련하기 위해 야근을 자처하다가 다음 날까지 피로에 허덕여야 했다. 인생을 형상화한 듯한 악순환.

유치원에 무턱대고 따지기도 뭐했다. 출산율 감소로 유치원은 경영난에 허덕이고 있었고 유치원 버스를 마련할 돈이 없다는 것도 이해가 가는 대목이었다. 게다가 학부모들 사이에 원장을 동정하는 여론이 대다수라 혼자 다른 의견을 낼 수도 없었다.

조나도 나와 비슷한 고민을 하고 있었다. 이력서를

돌리거나 하다못해 동네 마트에서 알바라도 해야 하는데, 동주 등하원에 신경 쓰느라 돈벌이를 아예 하지 못하니 난감하다고 했다. 우리는 아이들을 데려다준 뒤 더위를 식히기 위해 벤치에 앉아 빵빠레를 먹고 있었다. 아이들이 유치원으로 떠난 아파트 단지는 적막감이 감돌았고, 가끔 스산한 까마귀 울음소리가 들릴 뿐이었으며, 나는 아이들이 떠드는 소리보다 까마귀 울음이 낫다고 생각하고 있었다.

그러지 말고 우리가 직접 찾아봅시다.

조나가 말했다.

뭘요?

나는 조나를 바라봤다. 조나의 입술에는 유달리 불순하게 보이는 찐득찐득한 바닐라 크림이 묻어 있었다. 저 크림과 동일한 크림이 내 입속 치아와 혀 사이사이를 돌아다니는 상상을 하자 왠지 몸서리쳐졌다.

유치원 버스요.

조나가 비장하게 대답했다. 나는 귀가 번쩍 뜨였다.

주동이 유치원에 입학하고 만났으니…… 조나를 만난
지 어언 일 년 육 개월 만에 드디어 조나의 이야기에 귀
를 기울이기 시작했다.

아무래도 월급도 떼이고 주동을 보느라 작업이 미
진해서 스트레스를 많이 받은 듯했다. 이렇게 나서는
타입은 아닌데…… 머리가 순간적으로 회까닥했나. 앞
으로 나아가기 위해선 어떻게든 이 상황부터 타개해야
겠다는 생각 때문이었나. 아니다. 모르겠다. 왜 조나에
게 휩쓸려 다녔는지 도무지 모르겠다.
　우리는 일주일 정도 일대를 뒤지고 다녔다. 기사가
세 들어 살던 배재고 인근 아파트부터 한영외고를 둘
러싼 으슥한 숲, 그리고 암사동, 명일동, 고덕동, 상일
동, 강일동, 하남 등지의 주차장이나 갓길 따위의 주차
할 만한 장소는 전부 헤집고 다녔다. 그러나 성과는 없
었다. 카센터나 폐차장까지 샅샅이 살펴봤지만 유치원
버스는 보이지 않았다.

잠깐, 우리 무료 주차장을 놓치고 있었잖아요.

어느 순간 조나가 손가락을 탁 쳤다. 기사가 남긴 메모를 봐도 그렇고, 주차비 때문에 사라진 기사가 갈 곳은 무료 주차장뿐이라는 논리였는데 듣고 보니 또 맞는 것 같았다. 그 뒤 서울 전역과 경기도 동남권까지 범위를 넓혀 무료 주차장을 수소문하기 시작했다. 새삼 깨닫게 된 사실 중 하나. 생각보다 무료 주차장이 드물다는 것. 솔직히 말해서 수도권에 무료 주차장은 없다고 봐도 무방하다. 게다가 경쟁률이 어마어마해서 애초에 차를 대는 게 불가능하다. 아니…… 왜 갑자기 무료 주차장에 대해 토로하고 있는지는 모르겠지만…… 어쨌거나 무료 주차장에도 유치원 버스 따위는 없었고 나는 점점 지쳐갔다.

좋은 소식 하나. 이로써 조나는 나와 다른 사람이라는 게 증명됐다. 조나는 나와 달리 점점 더 달아올라 무료 주차장에 집착하기 시작했으니까. 언젠가 조나가 무료 주차에 대한 책을 쓰려고 하는데, 같이 쓰지 않

겠냐고 제안한 적도 있었다. 나는 언제 이 일을 그만두
겠다고 말할지 고민 중이었고 당연히 거절했다. 그러
자 조나는 좋은 기회를 놓치는 거라며 섭섭해했다. 무
료 주차와 관련된 통계와 현황, 그리고 무료 주차의 미
래와 각종 창업 아이디어로 가득한 책이 될 거라고, 이
역사적인 작업에서 빠지는 걸 작가로서 후회하게 될 날
이 올 거라고 흥분한 채 떠벌렸다. 조나의 목표는 이 책
을 완성해 지방자치단체나 차기 유력 대선후보들에게
보내고 정책적으로 현실화시킨다는 것이었다.

　허락 없이 베끼다 걸리면 소송입니다.

　조나가 예의 그 실실거리는 웃음을 지었다. 그때였
다. 머릿속에 있는 에어백 같은 게 터져버린 건. 불현
듯 더 휘둘려서는 안 되겠다는 생각이 온몸을 휘감았
다. 나는 그만두겠다고 했다.

　발을 빼시겠다?

　조나의 표정이 싹 굳었다.

　주동이 미술학원에 다니고 싶다고 하는데 신경 써

쥐야 하고…… 저번에 돈 못 받은 거 말했죠? 다른 돈 벌이도 찾아봐야 하고…….

나는 사정을 이야기했다. 조나의 표정은 점점 더 차가워졌다. 변명이 아니라 사실이었지만 점점 더 변명을 늘어놓는 기분이 들었고, 조나는 왜 이리 고자세이고 나는 왜 이토록 저자세인지 의아했다. 나는 욱해서 솔직한 심정을 털어놓았다. 뭐에 홀렸는지 이제야 정신을 차렸다. 대체 뭘 하는지 모르겠다. 한계를 인정하고 현생에 집중하는 게 좋을 것 같다. 할 일을 하다 보면 유치원 버스 이슈는 해결되지 않겠냐. 이건 우리 일이 아니다. 우리가 할 일은 아이를 통학시키고 돈을 벌어 가정경제에 이바지하는 것이다…….

이보세요, 오한기 씨! 답답하게 도덕책 같은 소리 늘어놓고 있네. 무료 주차는 우리 권리라고요!

조나가 말을 끊었다. 나도 물론 조나가 제시한 명제 자체에는 동의하는 바지만…… 유치원 버스 실종 사건으로만 한정 지어볼 때, 무언가 핀트가 어긋난 것 같았다. 우리는 무료 주차가 서울에서 갖는 현대사적 의의 따위를 연구하는 게 아니라, 그저 샛노란색에 펭귄과 토끼가 그려진 유치원 버스를 찾고 있었다. 다른 게 아니라 우리의 생계와 워라밸을 위해 말이다. 그런데 조나는…… 이를테면 갈림길에서 다른 방향을 택한 뒤 동승자의 조언을 무시한 채 무턱대고 속력을 높이는 것 같았다. 왜 뜬금없이 무료 주차장에 집착하는 거냐고 따지고 싶었지만, 땀이 줄줄 흐르는 조나의 통통한 얼굴을 보고 있자니 어서 이 자리를 벗어나고 싶은 생각만 들었다.

우리가 왜 이 아파트에서 주차 자리 하나 제공받지 못하는 것 같아요?

조나가 쏘아붙였다.

이럴 때일수록 세입자끼리 힘을 모아 불공정을 타파 해야 되지 않을까요?

조나가 덧붙여 물었다. 맞는 말이었고 딱히 반박할 말이 떠오르지 않았다. 이대로 가다가는 또 말려들 것 같아서 나는 고개를 까닥하며 발걸음을 돌렸다.

변절자!

조나의 분에 찬 음성이 뒤에서 들렸다.

친일파!

조나가 다시 한번 외쳤고, 행인들이 흘긋거렸다. 생뚱맞게 친일파라니…… 오타니 쇼헤이를 좋아하고 가끔 일드를 보긴 하는데…… 그런데 2023년에 친일파 좀 하면 안 되나? 스미마셍! 아리가또 고자이마스! 조또마떼 구다사이!!

이 좆도 뱃도 없는 비정규직 세입자 새끼야! 그러니까 월급 하나 못 받지!

조나의 분풀이가 뒤통수 뒤에서 계속됐다.

나는 달렸다. 숨을 헐떡일 때까지 달리니까 조나의 목소리가 들리지 않았다. 걸음을 늦추고 숨을 골랐다. 온몸이 땀투성이였다. 방향을 틀어 고덕천으로 접어들었다. 문득 전월세 제도라는 게 사람을 주차하는 시스템 같다는 생각이 들었다. 그럼 나는 이 세상에 유료 주차되어 있는 것인가. 불현듯 무료로 주차했을 때 느껴지는 편안함 같은 게 그리워졌다. 그런데 따지고 보니 그것도 아니었다. 무료 주차장 찾기는 하늘에 별 따기고, 급해서 어딘가에 무단주차를 했을 때 누군가 차를 빼달라고 항의하지 않을까 마음을 졸이곤 했던 게 떠올랐다. 왜 이 세상은 나를 위한 무료 주차장 하나 마련해주지 않는지……. 일순간 이런 유치한 생각이 들 만큼 서러워졌다. 무료 주차장을 찾아 헤매는 유치원 버스 기사의 모습에 내가 오버랩되기도 했다. 그때 고덕천 위를 둥둥 떠다니는 오리들이 보였다. 지나치게 한가로워 보이는 데다가 아무리 따져봐도 아무런 죄가 없어서 얄미울 지경이었다. 나는 자갈을 집어 던졌다. 오리들 사이 수면 위로 돌이 떨어졌다. 오리들은 흩어졌다가 아무 일 없다는 듯 다시 모여들었다.

조나와 결별 선언을 하고 며칠 뒤 미스터리는 풀렸다. 유치원 버스는 발견됐고, 기사는 경찰에 송치됐다가 심신미약으로 경찰병원에 이감됐다. 유치원 버스는 조치원의 폐교에서 발견됐는데, 어떤 사정인지는 모르겠지만 차체가 엉망이 되어 있어서 폐차 직전이라고 했다. 소문에 의하면 원장은 소송을 위해 변호사를 선임했고, 기사는 묵비권을 행사하며 버티고 있었다.

원장의 갑질도 언론을 탔다. 갑질 유치원이라는 소문이 퍼졌고, 평판이 떨어져서 유치원 운영에도 영향을 끼쳤다. 영어유치원에 갈 형편이 되는 몇몇 아이들은 그만뒀지만 다른 유치원이 포화 상태라서 주동과 동주를 비롯한 대부분의 아이들은 그대로 머물 수밖에 없었다.

조나는 멈추지 않았다. 막말을 퍼부은 것에 대해선 사과를 하긴 했지만, 여전히 무료 주차장에 집착하고 있었다. 왜 기사와 버스를 찾았는데도 조나가 이러는지 대충 알 수 있을 것 같았다. 뭔가 잘 안 풀리나 보지. 깔끔하게 구획된 하얀 선 내부의 보장된 공간을 갈망하고 있겠지.

생각보다 조나는 많은 일을 벌이고 있었다. 완장만 해도 대여섯 개는 차고 있는 것 같았다. 아파트 세입자 주차권익위원회, 도로교통부 무료 주차장 설립 운동본부, 국회 무료 주차장 건립 탄원위원회장, 서울시청 교통수요관리 자문위원단…….

언젠가는 완성됐다며 책자를 하나 내밀기도 했다. 이 책을 서울시에서 채택했고 서울시 무료 주차 시민 본부장이라는 타이틀까지 주었다는 것이었다. 훑어보니 서울 관내 주차 현황 리서치, 향후 대책 같은 게 8포인트 명조체로 빽빽하게 쓰여 있었다. 조나는 무료 주차에 대한 좀 더 신선한 아이디어가 없느냐고 물었다. 윗선에서는 선거에 도움이 되는, 그러니까 돈이 될 만한 아이디어를 원하는데 본인은 아무리 생각해도 떠오르지 않는다는 것이었다.

명색이 작간데, 상상력 좀 발휘해봐요.

조나가 너스레를 떨었다. 나는 떠오르는 아이디어 몇 가지를 대충 얼버무리다가 문득 더 이상 휩쓸릴 수 없다고 생각했고 나답지 않게 단번에 거절했다. 조나는 끈덕지게 설득하다가 내가 끝내 거절하니까 또 막말을 내뱉고 돌아섰다. 왜 내 인생에는 이런 인간들만 꼬이는 건가 회의감이 밀려왔다. 이게 바로 「팽사부와 거북이 진진」 같은 소설을 쓴 업보란 말인가. 그럼 이제 어떤 소설을 써야 할까. 진짜…….

며칠 뒤 조나가 사과를 하며 부탁을 하나 더 했다. 이번에는 거절할 수 없었다. 일이 바쁜데 본가도 처가도 지방이라 와이프가 올 때까지 동주를 봐줄 사람이 없다며 내게 부탁을 한 것이었다. 베이비시터 시급을 쳐준다고 했지만, 돈이 문제가 아니었다. 주동은 내 자식이니 어쩔 도리가 없지만 동주까지 돌볼 자신은 없었다. 무엇보다 조나와 더 이상 얽히고 싶지 않았다. 그런데 왜 거절을 할 수 없었냐면 주동이 옆에 있는데 부탁을 했기 때문이었다. 주동은 동주와 늦게까지 놀고 싶다고 들들 볶았다. 진진에게 물어보니 주동이 그리 원하는데 웬만하면 해주라고 했다. 처음 몇 번은 인정상 맡아주었지만 힘에 부쳤다. 주동과 동주도 오래 붙어 있으니까 다투기만 했다. 더 이상 불가능하다고 통보하자 주동이 울기 시작했다. 아빠 미워! 동주도 나를 볼 때마다 외쳤다. 아저씨 미워!

9월이 됐는데도 더운 건 여전했다. 여전히 유치원 버스는 마련되지 않았고, 여전히 주동은 나와 같이 도보로 등원했다. 그러나 동주는 무슨 영문인지 유치원을 그만뒀다. 영어유치원으로 옮겼는지 초등학교 병설 유치원으로 옮겼는지 모르겠지만 동주는 볼 때마다 베이비시터 손을 잡고 있었다. 주동과 동주는 서서히 멀어져서 언제부턴가 마주쳐도 반가워하지 않았다. 조나는 얼마나 바쁜지 코빼기도 보이지 않았다. 텔레비전 채널을 넘기다가 서울시 시민 간담회가 뉴스에 나왔는데 조나를 본 적도 있었다. 얼른 〈캐치! 티니핑〉을 틀어달라고 징징거리던 주동이 외쳤다. 와, 동주 아빠다! 아, 그러고 보니 조나에게 고마워할 거리도 생겼구나.

조나의 투쟁 덕분에 세입자 몫의 주차 공간이 생긴 것이다.

　장 과장은 여전히 돈을 주지 않았다. 진진은 좋은 경험했다 치고 그만 잊으라고 했다. 나는 미련을 버리지 못한 채 하루에도 몇 번씩 피해자 텔레그램방에 들락거렸다. 우리는 뉴스 기사를 공유했고, 사적 복수에 대해 의논했으며, 그리고 여전히 신세 한탄을 늘어놓았다. 어느 순간 이 텔레그램방에서 이야기를 나눌 때 내가 가장 안정적인 상태인 것 같다는 생각이 들었다. 조금 비참했지만 사실이니까 뭐……

　그러던 어느 날이었다. 경비원에게서 연락이 왔다. 장 과장의 그랜저가 들어왔다고 말이다. 나는 주동을 등원시킨 뒤 다급하게 구의동으로 향했다. 건물 로비에 들어서자 경비원은 그랜저가 지금 이 빌딩 안에 있다고 속삭였다. 서둘러 사무실로 올라갔지만 인기척이 없었다. 나는 허겁지겁 주차장으로 내려갔다. 다행히 그랜저는 있었다. 번호판이 맞는지 확인한 뒤 안을 들여다봤다. 선팅 때문에 내부가 잘 보이지 않았지만 장 과장은 없는 것 같았다. 혹시나 해서 문을 열었다. 딸 깍하는 소리와 함께 문이 열렸다. 나는 고민하다가 장 과장이 올 때까지 기다릴 요량으로 뒷좌석에 앉았다. 상상보다 차 내부는 깨끗했다. 양복 케이스가 걸려 있 었고, 회사 홍보책자와 명함 뭉치가 놓여 있었다. 텔레 그램방에 인증 사진을 올렸더니, 대박, 대박, 거리며 오 늘 드디어 떼인 돈 받는 날이냐고, 만나는 즉시 단숨에 제압해버리라고 호들갑을 떨었다. 나도 모르게 흥분이 됐고, 무슨 용기가 났는지 여기에서 숨어 기다리는 게 장 과장을 덮칠 가장 좋은 방법이라는 생각이 들었다. 불현듯 아무런 재화도 지불하지 않은 채 주차장에 한 자리를 차지하고 있다는 생각이 스치고 지나갔다. 채 무자의 주차된 차를 점거하는 것과 무료 주차를 연결 시켜 봤는데 허황되고 비현실적이라는 생각도 들었다. 무엇보다 이 아이디어를 들은 조나가 뭐, 소설가라고 별거 없군요, 같은 피드백을 하는 장면이 떠올라 고개가 절로 저어졌다. 어느 순간 주동을 유치원에 데려다 준 뒤 구의동까지 한달음에 달려왔다는 사실을 깨달았고, 곧이어 집에 가서 설거지와 분리수거를 한 뒤 주동이 올 때까지 소설을 써야 한다는 생각이 들었다. 생각만으로도 피로가 몰려왔다. 나는 등받이에 기대앉아 눈을 감았다. 차디찬 시트가 등에 닿자 왠지 으스스한 기분이었다. 잠시 후 어떤 감정이 느껴졌는데, 편안함인지 불안감인지 구분되지 않았다. 동시에 이런 생각도 했다. 이 정도면 읽을 만한 에세이가 될까.

숲 체험

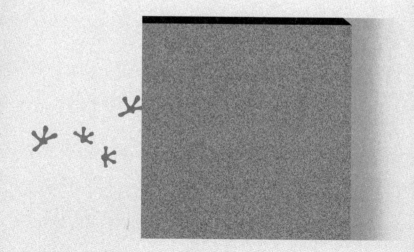

내 직업은 여섯 개다. 소설가, 드라마 작가, 아빠(?)까지는 지인들도 아는 거고. 알리지 못한 것으로는 음식 배달, 블로거, 무인문구점 매니저가 있다. 창피한 건 아니고 굳이 알리지 않아도 될 것 같아서?

여섯 가지 일들 중 가장 자신 있는 건 도보 음식 배달이다. 그냥 걸으면 되니까? 두말할 필요 없이 마음을 쏟는 건 육아고, 미래가 기대되는 건 아무래도 드라마 작가다. 앞으로는 어떤 직업을 갖고 살아가게 되려

나 짐작도 할 수 없지만 현재로서는 이 직업들로 월 이백 정도 벌고 있다. 소설? 소설은…… 소설은…… 직업이라기보다는 조금 오글거리지만 뭐랄까, 내 삶이며 영혼이다. 배설구이자 희망이다. 괴로움의 원인이며 즐거움의 원천이고…… 아이고, 소설에 대해서라면 입이 근질근질하지만 참아보겠다.

직업에 대해 좀 더 구체적으로 말해보자면, 당연히 정규직은 없고, 수익 안정성과 고용 불안정성을 고려할 때 전부 부업이라고 해야 할 듯싶다. 진진은 말했다. 2023년 이 시점에서 가장 시대착오적인 것이 정규직이다. 정규직이야말로 하루빨리 없어져야 한다.

그러니까 대기업 정규직 마케터인 나는 어서 사라져야 해.

진진이 덧붙였다. 프리랜서인 내가 수입이 들쑥날쑥해서 항상 미안하게 생각한다, 나를 배우자로 만나 고생하는 것 같아서 면목이 없다, 그래도 진진 너 덕분에 우리 가족이 부침 없이 먹고살고 있다, 고맙게 생각하니까 보람되게 느껴도 된다, 사라진다는 말 하지 말고 자긍심을 갖는 게 오래 일하는 데 도움이 되지 않을까?

쉿! 조용!

내가 무슨 말을 더 하려고 하니까 진진이 검지를 입술에 댔다.

무슨 소리야? 내가 사라지다니? 내가 아니라 정규직이 사라져야 한다니까? 우리, 그렇게 감정적으로 다가가지 말자고. 최대한 이성적으로 생각해보잔 말이야. 우선 시스템을 만들어야 돼. 가만히 있어도 우리가 아닌 누군가가 돈을 벌어다 주는 시스템. 더 이상 정규직이라는 노예제도에 예속되지 말아야 한다고. 우리가 돈 벌어다 주면 누가 좋은데? 이재용? 정용진? 윤석열?

진진이 날카로운 어조로 말을 쏟아냈다. 그 말을 듣곤 나도 모르게 텔레비전을 보거나 낮잠을 자고 있어도 통장 잔고가 늘어나는 행복한 상상을 하다가 문득 뭔가 부조리하다는 생각이 들었다. 설혹 우리가 그런

시스템을 만드는 데 성공한다 쳐도, 그럼 우리는 새로운 노예주로 거듭나는 거 아니냐고, 우리 밑에서 일하는 소위 노예들은 어떻게 하냐고 따지려고 했지만 진진의 포스에 눌려 말을 삼켰다.

그러니까 너, 정규직이 아니라고 기죽지 좀 마. 작가야말로 정년퇴직이 없는 미래지향적인 직업이니까.

진진은 이어서 나에 대해, 또 작가라는 직업에 대해 설명했다. 정규직이 아니라고 기죽은 적은 없지만…… 왠지 나를 위해주는 것 같아서 마음 한구석이 따듯해지긴 하는데…… 왠지 비아냥거리는 것 같기도 하고 말이야. 그런데 위로를 왜 해주지? 기분 묘하네, 이거. 진진이 계속 말을 이었다. 작가란 평생 부업으로서 순기능을 한다. 다른 부업을 가질 여지를 주니까. 예를 들어, 다른 일을 하고 있어도 뇌를 움직여 작품 구상을 할 수 있지 않나? 그러니까 작가에게 무엇보다 중요한 건 멀티태스킹 능력이다.

나는 네 그런 능력 하나는 높게 쳐. 예전에, 설날

이었을 거야. 우리 엄마 아빠한테 세배를 하면서 일어나지 않고 한참 동안 엎드려 있어서 뭐 하나 싶었는데…… 핸드폰에 메모하고 있었잖아.

아…… 그거…….

그때 나온 소설이「새해」아니야? 그게 네 소설 중 가장 큰 성과를 거뒀잖아. 장모, 장인어른한테 세배를 하면서도 소설을 구상하는데 뭘 하면서든 못 하겠니?

진진이 어깨를 으쓱했다.

그런데…… 미안하지만 작가는 내 본업인데?

말도 안 돼. 작가가 어떻게 본업이 돼, 부업이지.

진진이 심드렁한 반응을 보였다.

우리 나이면, 월 오백만 원은 벌어야 직업이지. 넌 여기저기 영끌해서 이백이잖아. 거기에 고료가 차지하는 비율은 얼마나 되는데? 그나마 계약금 없으면 개털 아니야? 우리 눈 가리고 아웅하지 말자고. 가성비와 효율을 따지잔 말이야.

진진이 말문이 막힌 내게 맞는 말을 해서 말문이 더

막히게 만들었다.

괜히 징징거리는 게 아니다. 이 소설의 한 축은 분명 '직업'이니까 새겨두시고. 본격적으로 소설을 시작하기 앞서, 어느 소설에서인지 가물가물하지만 문학제일주의자가 몽상가에서 리얼리스트가 돼가는 과정을 그리는 게 요즘 내 소설의 경향이며, 독자들의 삶에 실질적인 도움을 주는 글을 쓰고 싶다는 얘기를 떠벌린 걸로 기억하는데…… 일단 실생활에 도움이 되는 정보를 드리면서 미리 아부하고 넘어가고 싶다.

어떤 정보를 드릴까 고민이 되는데…… 그래, 이게 좋겠다. 그러니까…… 올림픽공원 주차요금이 비싸다고 생각하시는 분들은 다음 주차 팁을 참고하시길 바란다. 올림픽공원 북문 기준, 무료 주차 가능 구역 중 하나는 성내유수지 체육공원 갓길이다. 다만 경쟁률이 치열하므로 주차할 확률은 제로에 가깝다. 올림픽공원까지 꽤 오래 걸어야 한다는 점만 감수하면 강동

구청 주차장도 비교적 저렴한 가격으로 주차할 수 있다. 올림픽공원 내 프랜차이즈 카페에서 커피를 마시면 두 시간 무료 주차 쿠폰을 지급해주지만, 결정적으로 커피가 맛없다. 맛없는 커피를 이겨낼 수 있을 정도로 멘털이 강하다면 무료 주차 쿠폰을 차지할 자격이 충분하다.

《현대문학》 9월호에 게재된 「무료 주차장 찾기」를 읽은 독자라면 왜 이 작자가 또 주차를 운운하는지 의아하겠지만, 이번에도 어쩔 수 없이 주차 이야기를 해야겠다. 왜냐하면 주차는 요새 내 유일한 관심사라고 봐도 무방하니까. 주동이 태어나고 버티다 못해 중고차를 구입한 뒤 내 머릿속은 온통 주차뿐이다! 무엇보다 올림픽공원이라는 공간이 뜬금없다는 거 나도 안다. 올림픽공원은 그러니까 우리 가족이 사는 고덕동 근방에서 주차비가 가장 비싼 곳이다. 따지고 보면 그리 비싼 것도 아닌데, 주차비는 유독 왜 이리 아까운지 잘 모르겠네. 게다가 올림픽공원은 항상 주차장이 포화 상태라 주차하기 어렵기로 유명하다. 비싼 데다가 어렵다는 건 정말이지 비극이다. 여기에 비극적인 사실 하나 더 추가. 내가 매주 토요일 올림픽공원에 갈 수밖에 없는 신세라는 것. 내게 올림픽공원은 불가항력에 가깝다. 아이를 키우는 사람이라면 다들 이해할 텐데, 일곱 살 난 딸 주동이 올림픽공원 숲 체험을 무척이나 좋아하기 때문이다. 과장 하나 보태지 않고 울다가도 숲 체험 가야지 하면 뚝 그칠 정돈데, 도무지 뭐가 그리 좋은지 이해하진 못하겠지만…… 아무튼 그래서 일 년째 비극을 강제 체험 중이다.

숲 체험이라는 말이 뭔가 거창하게 들릴 수도 있지만 알고 보면 별거 아니다. 올림픽공원 북문 근처의, 숲이라고 하기엔 어설프지만 숲이라고 이름 붙은, 나무들이 우거진 공간에서 정체를 알 수 없는 기관에 소속돼 있는 숲 교사라는 사람의 지도하에 나무와 꽃 구분

하기, 네잎클로버 찾기, 곤충채집, 캠핑놀이, 계절학습 따위를 하며 시간을 보내는 것이다. 좋은 점은 주동이 잠시나마 자연을 만끽할 수 있다는 것. 부모에게도 좋은 점이 있다. 주말 프라임타임에 세 시간 동안 자유가 생긴다는 것.

처음에는 설레었다. 비용도 하루 이만 원으로 저렴한 편인 데다가, 곁에 붙어 케어해야 한다는 육아의 절대적인 이슈를 해결해주고, 심지어 아이에게는 유기농 5찬 도시락까지 제공하며…… 와, 황금 같은 주말에 주동이 곁에 없다니. 주동을 사랑하는 것과 별개로 주 1회 정도는 혼자만의 시간을 가져야지. 그렇다고 시간 아깝게 축 늘어져 있을 수는 없고 알차게 보내야지. 진진과 데이트도 하고, 산책도 하고, 맛집도 가고, 영화도 보고, 글도 쓰고, 커피도 마시고, 친구와 브런치 약속도 잡고. 주동이 곁에 없다면 주말을 어떻게 보낼지 진진과 우스갯소리를 나눈 것만 해도 『2666』 분량일 텐데…….

그런데 그건 타임루프 콘셉트의 웹소설처럼 환상
에 불과했다. 진진은 갑작스럽게 프로젝트에 합류했고
주말 특근으로 인해 함께할 시간이 거의 없었다. 무엇
보다 주동을 숲 체험에 보내고 나면 예상과 달리 시간
이 거의 남지 않았다. 주차 공간을 찾아 헤매다가 시간
을 다 써버리기 때문이다. 찾다 찾다 못 찾고 일단 갓길
에 정차한 뒤 허겁지겁 주동을 선생님에게 인도하고 다
시 주차할 자리를 찾다 보면 한 시간 반은 훌쩍 지나 있
었다. 그러고 나면 심신이 지쳤고 고작 몇천 원 몇만 원
아끼자고 올림픽공원 밖을 떠돌며 저렴한 주차장을 찾
는 건 아무래도 무리였다. 올림픽공원 중앙으로 들어
가면 자리가 있긴 했는데, 단점은 어디 나가기가 애매
한 거리라는 것이었다. 식당이나 카페를 찾아 둔촌동
이나 성내동으로 나가자면 시간이 빠듯해서 픽업 장소
까지 급하게 와야 했다. 그렇다고 시간을 가만히 죽이

고 있기엔 너무 아까웠다. 주차장이 딸린 모텔방이나 에어비앤비 단기 임대도 알아봤는데 주말이라 가격이 십만 원을 훌쩍 넘어서 그냥 시간을 죽이는 편이 나았다. 어느 날은 하도 주차할 데가 없고 열이 솟구쳐서 송파, 강동을 빙빙 돌았는데 차가 막혀 제때 돌아오지 못할 뻔했을뿐더러, 생각해보니 길바닥에 줄줄 뿌린 기름도 아까웠다. 결국 자판기 커피 타임 정도로 만족해야 했지, 뭐. 영화는 무슨. 약속은 무슨!

그나마 조나가 숲 체험 멤버로 들어오면서 상황은 조금 나아졌다. 나와 조나 포함, 주동이 속한 그룹의 숲 체험 멤버는 다섯이었다. 숲 체험 교사에게 아이들을 보내고 나면, 엄마 셋은 이미 친한 사이라 따로 자리를 만들었고, 조나가 들어오기 전까지 나는 그야말로 외톨이였다. 조나로 말할 것 같으면 아파트 커뮤니티에서 만난 세일즈맨이다. 알고 보니 조나의 딸 동주와 주동이 동갑이고 이름도 엇비슷해서 잘 어울렸다. 처음

에 우리는 인사를 하는 둥 마는 둥 하며 탐색전을 가졌
다. 무료함을 이기지 못해 어떻게 가까워지는 게 좋을
지 고민을 하다가 굳이 가까워져야 하는지 또 고민을
하다 보면 숲 체험 시간이 끝나 있었다.

혹시 주동 아빠는 주차 어디에 했나요?

그런데 어느 날 조나가 이렇게 물으며 말을 텄다. 그
뒤 우리는 자연스럽게 가까워졌다. 올림픽공원 주차
시스템, 더 나아가 서울의 교통 체계를 비판하며 아이
들이 돌아올 때까지 주차에 대해 수다를 떨었다. 올림
픽공원 근방의 숨겨진 무료 주차 공간을 찾으러 다니
기도 했다. 아이를 숲 체험에 보내고 방황하는 부모들
을 사로잡을 사업을 구상하느라 신이 나기도 했다. 이
제 와서 부정할 순 없을 듯싶다. 당시 나는 잠시나마 조
나에게 호감을 품었었다. 그런데 얼마 가지 못했다. 우
리는 근본적으로 성격이 달랐고, 트러블을 겪을 수밖
에 없었다. 특별한 계긴 없었지만 결국엔 사이가 완전
히 틀어졌고 따로 시간을 보내기 시작했으며 얼마 지나

지 않아 동주가 숲 체험을 그만뒀다. 음…… 조나가 나오는 에피소드는 이미 「무료 주차장 찾기」에 썼기에 이쯤 하고 넘어가는 편이 좋을 것 같다.

그래도 올림픽공원 숲 체험은 몇 가지 소중한 기억을 남겨줬다. 굳이 안 써도 될 것 같지만, 혹시나 잊을까 봐 적어둔다. 환상적이었던 기억은 숲 체험이 끝난 뒤 주동이 환하게 웃으며 나에게 달려오는 장면. 주동의 등 뒤 나뭇가지 사이로 태양이 어른거리던 게 떠오른다. 최악이었던 건 운 좋게 주차를 빨리 하고 시간이 남아서 〈오펜하이머〉를 보는데, 주동이 똥 마렵다 한다며 연락이 와서 뛰쳐나온 것. 아빠가 없으면 똥을 못 싼다나…… 휴……. 지금도 내가 화장실 앞에 지키고 서 있어야 한다. 미친 듯이 웃었던 기억도 난다. 갑자기 소나기가 떨어져서 주동과 내 외투를 뒤집어쓰고 차까지 달렸던 기억. 우리 무슨 대화를 나눴기에 그렇게 웃었던 거지? 주동의 기억에는 어떻게 남아 있을까? 왜 눈물이 날 것 같지?

    조나와 사이가 틀어진 뒤로 나는 도로 외톨이가 됐다. 주동에겐 미안하지만, 곁에 주동이 있는 외톨이보다 혼자 있는 외톨이가 천 배쯤은 나았다. 주차도 점차 적응됐다. 주차비를 포기하자 마음도 편해졌다. 언제부턴가 올림픽공원 안에 나만의 주차 공간이 생겼고 두 시간 정도 차 안이나 근처 벤치에 앉아 글을 쓰기 시작했다. 그러나, 삭막한 풍경의 주차장에서 글을 쓰자니 답답했고 집중도 잘 안 돼서 성과가 나오질 않았다. 그 뒤엔 에라 모르겠다, 낮잠을 자거나 유튜브를 보며 다시 시간을 죽이기 시작했다.

    인간이 지닌 것 중 시간보다 가치 있는 건 없어. 돈으로는 절대 살 수 없지. 넌 지금 그걸 축내고 있는 거야. 그러니까 좀 더 생산적인 활동을 해봐. 단, 문학과 관련된 거 말고. 그동안, 할 만큼 했잖아?

내가 뭘 할지 모르겠다고 하니까 직장에 있는 진진이 메시지를 보냈다.

한동안 어떻게 생산적인 시간을 보낼지 고민했다. 글을 쓰지 않으면 시간을 알차게 보냈다는 뿌듯한 기분은 좀처럼 들지 않는데…… 글을 쓰면서도 문학과는 상관없는 수익 활동이라면……. 어느 순간 방치하고 있던 블로그가 떠올랐다. 『인간만세』 작가 후기를 쓰기 위해 충동적으로 만든 블로그. 그렇다. 내 글쓰기의 원동력은 충동이다! 인간 만만세!

그렇게 나는 블로거가 됐다. 시행착오를 거쳐 자리 잡게 된 포스팅 주제는 올림픽공원 주차와 관련된 내용이었다. 포스팅을 열 개쯤 올리고 나자 효과가 나타났다. 포스팅 주제에 대해 생각보다 수요는 있는데 공급이 없다시피 했으므로 꽤 인기를 끌었다. 특히 무료 주차나 주차장 정보와 관련된 포스팅이 조회수가 높았다. 그중 베스트 3은 다음과 같다.

1 올림픽공원 주차장 무료 주차 꿀팁

   (조회수 34572)

2 올림픽공원 주차장 주차비 주차요금 최신 정보

   (조회수 29423)

3 올림픽공원에서 두 시간 동안 무료 주차하는 방법

   (조회수 18703)

　블로그를 재개하고 석 달쯤 지나니까 광고도 붙었다. 예상치 못했던 주요 수입원은 올림픽공원 사설 주차장 광고였다. 올림픽공원 인근 건물주들이 수도 없이 쪽지를 보냈다. 나는 주차장이 건물주의 수익에 있어서 그렇게 큰 비중을 차지하는지는 몰랐다. 건물을 지은 김에 지하주차장을 만들어서 주차비를 받고 월정액 주차비를 받고 주말에는 올려 받고……. 이게 진진이 말하는 넋 놓고 있어도 돈이 저절로 벌리는 시스템이 아닐까 처음으로 공감했다.

　작가 선생, 드디어 자본주의에 적응했구나?

진진이 내 어깨를 툭 쳤다.

그야말로 일석이조였다. 주동을 내려주고 블로그 광고 취재를 가면 주차도 무료고 주동이 올 때까지 시간도 딱 떨어져서 만족스러웠다. 한편으로는 계속 광고가 들어오니까 살짝 거부감이 들기도 했다. 명색이 소설간데, 이렇게 망가질 순 없어.

그런데 이게 왜 망가지는 거야?

진진은 의아해했다.

왜냐하면 나는…….

나는 하고 싶었던 말을 삼켰다. 그런데 내가 하고 싶은 말은 뭐였을까. 지금도 모르겠다.

이건 그러니까 운명이야.

진진이 말했다.

주차가 내 운명이라고?

내가 대답했다. 당황스러웠다.

생각해봐, 너는 요새 주차 얘기만 하잖아.

내가? 언제?

어디 가자고 하면 주차를 어디에 하는 게 좋을지만 검색하고, 주차할 데가 마땅치 않다며 대중교통을 이용하자고 우기고, 주차비가 비싸면 비싸다고 투덜대고, 말끝마다 주차주차주차주차…….

아무래도 실질적인 거니까…… 그렇다고 운명이랄 것까지는…….

솔직해져봐.

뭘?

네 머릿속에는 주둥이와 나보다 주차가 우선이지 않아?

에이, 그건 아니지. 그렇게 말하면 섭섭하지. 전부 우리 가족의 안전한 이동을 염려해서 그러는 건데.

말은 이렇게 했지만 따지고 보면 맞았다. 주차는 왜 이렇게 나한테 흥미로울까. 대지의 소유권, 소유권의 임대, 화폐, 신용카드, 사전 정산기, 커피잔, 필통, 그래 놀라, 광명시, 닭볶음탕…… 그런데, 왜 주차에 대해 생각하다가 자꾸만 삼천포로 빠질까.

맞다니까, 운명!

내가 별다른 말을 못 하니까 진진이 외쳤다. 왠지 신이 나 보였다.

넌 주차의 제왕이 되는 거야. 소설의 왕좌에 오르는 덴 실패했으니까.

진진이 대화를 마무리했다. 와, 명쾌한 답변!

운명이라……. 가만 생각해보니, 운명은 애쓰지 않아도 의도치 않아도 저절로 이루어지는 거 아닌가? 블로그 포스팅은 술술 써지고, 소설은 이를 악물어야 간신히 써진다. 이게 운명이라는 증거인가. 운명은 힘든 게 아니잖아? 그냥 그렇게 되는 거지. 그런데 운명이라고 하기엔 광고 수입이 그리 운명적이진 않았다. 처음 두 달은 백만 원쯤 되던 것이 점점 줄었다. 생각해보면 당연했다. 올림픽공원 인근 사설 주차장이 많아봐야 얼마나 많겠는가.

시장은 작고 수요도 한정적이다. 아예 광고 문의가 끊긴 건 아닌데 드문드문 들어왔다. 지금은 한 달에 삼십만 원쯤 되니까 부업이라고는 할 수 있지만…… 운명이라고는…….

이 정도면 주차의 제왕은 아니지 않나?

내가 물었다.

음…… 그런가?

진진이 미간을 찌푸렸다. 시간이 좀 더 흘러도 지지부진하니까 진진은 운명이 아닐지도 모른다고 인정하고 말았다.

그래도 그냥 끝내긴 아쉽고, 개인적으로 직접 이용해보고 괜찮았던 업체를 소개하는 걸로 블로그 이야기는 일단락하겠다.

주차비 전액 무료

올림픽공원 일대 최고의 휴식 공간

숲 체험에 아이들을 보내고 편히 쉬세요

학부모를 위한 힐링 숲 체험을 제공합니다

    학부모를 위한 힐링 숲 체험. 자화자찬하자면, 내가 썼지만 심금을 울리는 명문이다. 주차비 전액 무료나 휴식, 힐링이 포함된 문구를 보면, 나와 비슷한 처지에 있는 사람으로서는 클릭하지 않을 수 없을 듯하다. 이 광고의 의뢰인은 주차요원B라는 닉네임을 쓰고 있었다. 둔촌주공아파트 조합장의 오촌 조카라나, 아무튼 가깝지도 않고 멀지도 않은 친인척이었다. 당시 둔촌주공아파트는 시공사와의 건축비 갈등으로 공사를 멈춘 상태였다. 주차요원B는 건축자재 트럭 주차 안내로 생계를 유지하고 있었는데, 공사가 중단되자 넓은 공터를 놀려두는 걸 보고 막막했다고 한다. 그 뒤 어떻게 공터를 이용해 돈을 벌 수 있을까 고민하다가 우연히 내 블로그를 보게 됐고 사업 아이디어를 구상했다. 주요 타깃은 올림픽공원 숲 체험에 자녀를 위탁한 학부모. 콘셉트는 아파트 숲에서의 힐링. 주차요원B는 주차비가 무료라면 승산이 있다고 판단했다. 한 시간에 천 원만 받아도 엄청난 돈을 긁어모을 수 있을 것 같은데, 소탐대실! 주차비가 무료라는 사실만 각인시키면 다른 데 돈을 쓰게 하는 건 어렵지 않다. 주차요원B는 짓다 만 아파트를 꾸미며 침대, 식탁, 텔레비전을 들여다 놓고 한 시간에 만 원을 받았다. 만 세대니까…… 물론 만 세대가 꽉 찰지는 의문이었지만 만 곱하기 만을 하자니 소름이 돋는다. 무료 주차 외에도 발레파킹, 무료 음식 배달, OTT, 게임, 낮잠……. 단연코 이곳을 취재하면서 나는 인생에서 손꼽을 만한 휴식을 취할 수 있었다. 아쉬운 점은 단 하나. 이후 홍보가 잘됐는지 이용할 수 없었다는 것. 주차요원B에게 따로 연락을 해봤지만 예약이 꽉 차 있어서 불가능하다는 답만 받았다.

블로그 광고 수입이 지지부진하자 다른 부업을 찾

아 나섰다. 주동이가 숲 체험을 즐기고 있다면, 나는 자본주의라는 숲을 헤매는 중이랄까. 작가 경력 올해로 십일 년 차니까 정확히 십일 년째 방황 중이구나. 해고를 두려워하는 찰스 부코스키랄까. 어디가 출구인가. 출구가 있긴 한가?

그 뒤 나는 무인문구점 매니저라는 또 하나의 부업을 갖게 됐다. 장 과장은 무인문구점 사장으로 진진의 직장 동료이기도 하다. 장 과장은 회사에 다니는 도중 무인문구점을 창업했고, 투잡을 위해 매니저를 구하고 있었다. 진진은 나를 추천했다. 무인문구점이 고덕동과 지척인 명일동에 위치해 있는 데다, 하루 종일 노트북 앞에 앉아 있는 우리 남편에게 안성맞춤이라고 말이다. 그런데 장 과장은 진진의 회사 창업주에게 월급을 받고 있으니 큰 범주에서 보면 나도 그 창업주에게 월급을 받는 거나 마찬가지 아닌가?

그러니까 우리 회사 동료 아니야?

진진에게 우스갯소리를 했더니 진진은 정색했다.

어디, 그 쉬운 일을 하면서 나랑 비교를…….

인정한다. 진진의 말처럼 업무 자체는 그리 어렵지 않다. 월급은 백오십. 주 업무는 하루 종일 모니터 앞에 앉아 대략 열 평짜리 정사각형 형태의 무인문구점을 들여다보는 것. 하루 평균 이백 명의 손님이 오갔으니 생각보다 장사가 잘됐다. 다른 자잘한 업무도 많았다. 문구점 내 게시판에 손님들이 원하는 물건을 적어두면 리스트를 만들어 발주를 넣는다. 게시판 한구석에 적어둔 내 전화번호를 보고 수도 없이 컴플레인이 들어온다. 재고 수량을 체크하고 간략한 엑셀 파일로 만든 뒤 장 과장에게 보고하기도 한다. 재미있는 거 하나. CCTV를 보다 보면 진진과 주동도 가끔 모니터에 잡혔는데…… 캡처, 저장.

장 과장은 절도 감시 업무를 강조했다. 무인문구점의 특성상 이해되는 측면도 있는데 실무자로서 내 생각은 조금 달랐다. 성선설을 믿는 건 아니지만 가만히 앉아서 모니터를 보고 있으면 구십구 퍼센트에 가까운 아이들의 머릿속에는 아예 훔친다는 개념이 없는 것 같았다. 솔직히 가만히 있으면 열에 여덟아홉은 다시 갖다 둔다. 한두 명이 문제지. 그리고 둘 중 하나는 성인이라는 놀라운 사실! 아무튼 그 둘의 신상을 파악해서 경찰에 신고하면 끝. 기억나는 일은 포켓몬 카드를 훔쳐 간 오십 대 남성을 체포했던 것. 경찰서에 다녀온 장 과장 말로는 그 아저씨가 뮤 카드를 뽑고 싶었을 뿐이라며 흐느꼈다고. 멀쩡한 성인이 돈 내고 사지 왜 훔쳤냐니까, 언제 뮤 카드가 나올지 확신할 수 없기 때문이라고 펑펑 울었다지.

　　포켓몬 카드가 분실됐으니 해당 초등학생은 자진
　　반납하기 바랍니다. 사흘 내 연락을 주면 선처
　　가능하나, 연락이 없으면 경찰에 신고하고 법적 절차에
　　따를 것이니 양해 바랍니다.

〈CCTV 캡처 사진〉

아, 그리고 이건 영업 비밀인데, 가끔 마케팅 목적으로 허위 분실 공고를 써 붙이곤 한다. 그럼 해당 품목 매출이 십 퍼센트 정도 오른다고.

소설가신데, 심심하면 허위 분실 공고 하나 만들어 보세요.

특정 장난감의 매출이 떨어지면 장 과장은 이렇게 주문하곤 했다. 심심하면, 이라거나 시간 나면, 이라는 말을 꼭 앞에 붙였는데, 이게 비꼬는 건지 그냥 말버릇인 건지 헷갈렸고 내심 불안했다. 이렇게 편한 직장을 놓치기 싫어서였다. 따분한 직업이지만 따분한 일을 하면서 이 정도 돈을 벌기도 힘들었고, 무엇보다 CCTV만 켜두면 글쓰기와 병행할 수 있어서 마음에 들었다. 진진의 말대로 작품 구상도 가능하고…… 그야말로 멀티태스킹에 최적화된 직종이다. 나는 최선을 다해 허위 분실 공고를 만들었다. 이상하게도 죄책감이 하나도 들지 않았다. 나도 변하긴 변했네. 첫 직장인 중견기업 홍보팀에서 일할 때만 해도 순수했는데. 고객인 척 회사를 옹호하는 뉴스 댓글을 달라고 하길래 팀장한테 따진 적이 있었다. 팀장은 가소로운 듯이 콧방귀를 뀌며 대답했다. 너 금수저니?

머지않아 불안감은 현실이 됐다. 무인문구점 매니저로 일한 지 두어 달쯤 지났을 무렵 장 과장은 이제 좀 적응이 됐을 테니 수익 창출 방안을 마련해보라고 지시했다. 매출이 갈수록 줄어들어서 인건비 주기도 빠듯한 데다가 허위 공고를 내는 것도 한계에 다다랐다고 말이다. 갑자기 무슨 말이냐고 하니, 그럼 가만히 앉아서 언제까지 백오십만 원을 받을 생각이었냐고 물었다. 나는 시장조사까지 하며 마일리지 적립과 일정 금액 이상 구매 시 서비스를 제공하는 아이디어를 냈지만 장 과장은 차별성이 없다며 반려했다. 차별성이라…… 그럼 백오십 받고 차별성까지 있어야 돼? 불만을 표출하자 진진이 군소리 말고 도와주라고 했다. 지금보다 미래를 생각하라고. 진짜 내가 어려울 때 장 과장이 도와줄 거라고 말이다. 그게 바로 사회생활의 기본인 기브 앤 테이크라고.

내가 여태 주기만 한 것 같은데, 대체 나한텐 언제 줄 거지?

그러면서 진진이 물었다. 내가 울상을 지으니까 농담이라고 하긴 했는데, 이거 영 찝찝하네. 하긴 결혼도 일종의 사회생활이지.

예상치 못한 지점에서 일은 풀렸다. 수익 창출 방안을 고민하던 어느 날, 점심을 먹고 돌아오니 누군가에게서 전화가 걸려왔다.

저, 문구점에 온 손님인데요.

다급한 목소리였다. 벽면에 붙은 공지 게시판을 보고 연락을 했다는 것이다.

어떤 걸 찾으시나요?

보통 이런 전화는 재고가 있는지 묻는 거라서 통상적으로 답했다.

그런 건 아니고요. 아이를 잠시 맡길 수 있나요?

손님이 물었다. 생각지도 못한 요구에 당황한 나머지 한동안 말을 잇지 못했다.

저기요, 아이를 잠시 부탁드려도 될까요?

여긴 어린이집이 아니라 문구점입니다만…….

한 번 더 묻고 난 뒤에야 정신을 차리고 답할 수 있었다. 무슨 일인가 해서 급하게 CCTV를 켰다. 사십 대로 보이는 한 여성이 초등학교 저학년 정도 되는 아이를 데리고 전화를 하고 있었다. 아이는 이리저리 뛰어다니며 장난감을 구경하느라 바빴고 아이 엄마의 표정은 어딘가 다급해 보였다.

저 보이세요?

아이 엄마가 CCTV 앞에서 손을 휘휘 내저었다.

네, 보입니다만…….

저 여기 단골인데…….

아이 엄마가 말했다. 그러고 보니 CCTV에서 몇 번 본 것처럼 낯이 익었다. 어느 순간 아이 엄마가 하소연을 늘어놓기 시작했다. 어린이집에 있는 둘째가 아파서 대학병원에 가야 하는데 첫째를 맡길 데가 마땅치 않다는 내용이었다. 충분히 공감이 됐다.

상황이 급한 것도 알겠고요. 저도 아이가 있는지라 무슨 마음인지는 더 설명하지 않아도 알겠지만…… 다른 방법을 찾아보시는 게…….

다른 방법이 떠오르지 않으니까 이러는 거 아니겠어요.

아이 엄마는 역정까지 냈다.

생판 모르는 사람을 대체 뭘 믿고…… 저한테 아이를 맡기면 마음이 편할까요? 차라리 경찰서에 맡기시는 게…….

나도 모르게 마음이 약해져서 이렇게 말했다.

그래도 장난감을 파시는 걸 보면 나쁜 분은 아닐 거잖아요.

아이 엄마가 따졌다. 듣고 보니 그럴 듯도 해서 반박할 말을 떠올리고 있을 때 아이 엄마는 아이가 초등학생이라 어지간한 판단은 하니까, 문구점에서 벗어나지 않는지, 어디 나쁜 사람 안 따라가는지 지켜봐주기만 해달라고 사정을 했다. 그러고는 내 대답을 기다리지도 않고 아이에게 포켓몬스터 퍼즐 하나를 결제해서 쥐여주었다. 아이 엄마는 오줌이 마려우면 CCTV를 향해 손을 휘저으라고 신신당부를 하곤 문구점을 떠났다.

저기요, 저기요!

내가 외쳤지만, 이미 전화는 끊어진 뒤였다. 그날 두 시간 정도 나는 CCTV를 통해 아이를 지켜봤다. 언제라도 뛰어갈 준비를 하고서. 오줌이 마렵다고 하면 어쩌지 싶었는데, 다행히 아이는 엄마가 올 때까지 얌전하게 퍼즐을 갖고 놀았다.

CCTV에 갇힌 아이의 모습은 영감을 주었다. 부모

의 역할부터 국가 보육 시스템까지…… 무엇보다 아이를 감시하던 내 모습은 나도 모르는 사이 픽션으로 번져나갔다. 나는 악의가 없었고 오히려 선의를 지니고 있었지만, 누군가가 그런 나를 납치범으로 신고한다면 유죄판결을 받을지도 모른다는 생각이 들었다.

아동이 갇혀 있는 동안 당신은 뭘 했죠?

검사가 묻는다.

억울합니다. 제가 가둔 게 아니라 부모가 두고 간 거고요. 저는 아이가 어떻게 될까 봐 CCTV를 지켜봤을 뿐입니다.

내가 읍소한다.

어떻게 될까 봐, 요? 그게 무슨 말씀이시죠? 어떻게 하려는 마음이었던 거죠? 그리고 CCTV라면 아이를 감시했다는 거네요?

검사가 캐묻는다.

아동 납치! 종신형!

판사가 법봉을 내리친다.

아니야! 나는 억울하다고! 이봐, 대답 좀 해봐요.

내가 호송관에게 끌려가면서 아이 엄마를 향해 부르짖는다. 아이 엄마는 증인석에서 훌쩍거리고, 아이는 포켓몬스터 퍼즐을 맞추고 있다.

「새해」 같은 이상한 상상 그만해.

진진이 다그쳤다. 나는 상상에서 깨어나 진진을 바라봤다. 주동은 잠이 들었고, 진진과 나는 마주 앉아 생강차를 마시고 있었다. 진진은 방금 어떤 아이디어를 떠올린 건지 잘 생각해보라며 활짝 웃었다.

응? 무슨 말이야?

내가 되묻자 진진이 답답하다는 듯 한숨을 내쉬며 설명하기 시작했다.

나의 제안을 들은 장 과장은 좋은 아이디어라며 호들갑을 떨었다. 며칠 뒤 나는 공지를 써 붙였다.

한 시간 보육 :

입장료 구천 원 + 만 원 이상 장난감 한 개 구입

아이를 맡겨야 할 사정이 있는 부모들은 생각보다 많아서 금세 무인문구점은 붐비기 시작했다. 내가 할 일이라곤 장난감 샘플을 풀어놓아 아이들이 갖고 놀게 하거나 스피커를 설치해서 문구점을 이탈하려는 아이들을 저지하는 것뿐. 전보다 잦은 횟수로 문구점을 오가야 했지만 그렇게 힘들진 않았다. 그뿐인가. 아이들이 장난감을 체험하게 한 건 좋은 전략이었다. 매출도 따라 급증한 것이다.

머지않아 부업은 직업이 됐다. 장 과장은 상가 옆 동까지 매장을 확장했고, 연령별 커리큘럼을 마련하고 반을 나눴다. 업무량은 졸지에 배 이상이 됐다. 물론 월급도 배로 올려줬으니 할 말은 없지만 말이다. 월급을 도로 내려도 좋으니 나와 일을 나눌 직원을 하나 더 뽑자고 장 과장에게 건의하고 싶었지만 진진을 보면 차마 입이 떨어지지 않았다. 진진은 글 쓸 시간이 부족해서 어쩌냐고 나를 위로했지만 내심 좋아하는 눈치였다.

나 언제 퇴사하면 되는 거야? 드디어 테이크, 받을 수 있는 거야?

진진이 나를 놀렸다.

시간이 흐르고 계절이 바뀌었다. 인근 유치원이나 학원, 키즈카페로부터 사업자등록을 제대로 내지 않았다는 신고가 들어와서 내심 이제 사업을 접나 기대했지만 어떻게 했는지 장 과장이 해결했다. 매출은 가파르게 올랐고, 장 과장은 보육교사 두 명을 추가 고용했으며, 내 업무는 보육교사 관리로까지 확대됐다. 음식 배달은 진작 그만뒀다. 글 쓸 시간 같은 건 아예 없었다. 주차장 광고는 물론, 새로 들어오는 소설 청탁도 모조리 거절했다. 이러다가 작가로서 잊혀지는 게 아닌지 우려될 정도였다.

어차피 은퇴하려던 거 아니었어?

글을 쓰지 못해서 괴로워하니까 진진이 물었다. 은
퇴에 대해 진진과 주고받은 대화까지 쓰기에는 주제에
서 벗어나니까 좀 그렇고…… 만약 궁금하다면 민음사
블로그에 연재하고 있는 「소설 쓰기 싫은 날」 3화를 참
고하시길.

장 과장은 주말 근무까지 요구했지만, 숲 체험을 핑
계로 거절했다. 더 이상 주차비가 아깝다는 생각 따위
는 들지 않았다. 다른 건 하고 싶지도 않았고 소설 생
각만 났다. 나는 전투적으로 주차를 한 뒤 더 전투적
으로 소설을 썼다. 일주일 동안 쓰고 싶었던 마음을 몰
아서 쓰니까 소설이 운명이라고 여겨질 만큼 잘 써졌
다. 소설을 쓰는 행위가 이토록 행복과 만족감을 가져
다주다니, 잊고 있던 감각과 감정이었다.

그러던 어느 날이었다. 가을 하늘은 더없이 맑았고
올림픽공원 주차장은 임영웅 콘서트 때문에 지방에서

올라온 대절 버스들이 가득했다. 비집고 들어갈 틈조차 없었다. 나는 주차 자리를 찾아 올림픽공원을 빙빙 돌다가 문득 둔촌주공아파트를 떠올리곤 핸들을 틀었다. 입구로 들어가려고 하자 가드가 막아섰다. 무슨 일이냐고 해서 잠깐 쉬러 왔다니까 여기에 왜 쉬러 오냐며 나를 이상하게 바라봤다. 혹시나 해서 주차요원B에게 메시지를 보내봤지만 답장이 없었고, 전화를 해봤더니 없는 번호라는 안내멘트가 흘러나왔다. 갓길에 차를 대고 둘러보니 아파트는 완공돼 있었고 플래카드에는 입주 예정일이 적혀 있었다. 인터넷을 검색하니까 분양 대박이 났다는 기사가 있었고, 스크롤을 더 내리자 조합원 일부가 주차 관련 사업으로 자금을 횡령해 체포됐다는 기사도 있었다. 나는 다시 올림픽공원으로 차를 돌려 북2문으로 들어왔다. 몇 바퀴를 돌았는지 알 수 없었다. 주동이 올 때까지는 한 시간 정도가 남아 있었다. 조금이라도 쉬고 싶었다. 그때 수영경기장 근처에 빈자리가 보였다. 나는 주차 가이드라인을 향해 핸들을 돌렸다. 그 순간 맞은편에서 커다란 SUV 한 대가 나와 동일한 목표를 향해 다가오고 있었다. 나는 핸들을 꽉 잡고 액셀을 밟았다.

반품 알바

조깅을 시작했다. 건강검진 결과 이상지질혈증 진단을 받았는데, 평생 약을 복용하고 싶지 않으면 운동을 하라는 의사의 권고 때문이었다. 의사는 내게 젊은 나이에 왜 이런지 의문이라며 세 달 동안 운동을 해보고 그래도 피 검사 수치가 비정상이면 약을 먹자고 제안했다. 그래서 무슨 운동을 할까 고민하다가 그나마 유난 떨지 않는 것처럼 느껴지는 조깅을 시작한 것이다. 고덕동 아파트 단지를 빙 둘러 조깅 트랙이 있었고, 나는 주동이 일어나지 않은 오전 여섯 시쯤 눈을 떠 귀에 에어팟을 쑤셔 넣은 채 달리고 또 달렸다. 따분했다. 날이 좋으면 날도 좋은데 강제로 운동을 하는 상황이 싫었고, 더우면 땀이 흘러서 꿉꿉했으며, 날이 흐리면 날이 흐린 대로 뛰고 있자니 짜증이 났다. 운동을 하고 나면 허기져서 예전보다 배로 군것질을 했다. 이러다가 내장지방이 쌓여 오히려 상태가 악화되는 거 아닐까. 어느 날 나는 달리던 도중 갑자기 허무해져 벤치에 앉았고, 다음 진료 시 의사에게 질문할 거리를 핸드폰에 메모했다. 선생님, 평생 뛰어야 하나요? 차라리 평생 약을 먹는 게 낫지 않을까요?

조깅을 하다가 주동이 일어나는 시간에 맞춰 집으로 돌아간다. 샤워를 한 다음 일어나지 않겠다고 버티는 주동을 간지럽혀서 깨우고 아침을 먹이고 가방을 싸고 치카치카를 해주고⋯⋯. 멀리서 보면 행복하지만 가까이에서 보면, 아니 직접 해보면 징글징글한 일상. 그래도 초등학교에 입학하고 일 년쯤 흐르니까 주동이 부쩍 컸다는 게 느껴졌다. 나는 비로소 자유로워졌다. 유치원 종일반에 비해 위탁 시간은 짧아졌지만, 주동은 책도 혼자 읽고 만들기도 혼자 하고 놀이터에선 친구들과도 잘 어울렸으며, 심지어 컴퓨터 시간에 배웠다며 나도 못하는 파워포인트를 갖고 놀기도 했다. 우리는 하교 후 도서관에 자주 갔다. 주동은 어린이 자료실에서 학습만화를 읽고 나는 옆에 앉아서 작품 구상 같은 걸 했다. 뭘 쓸지 잘 떠오르지 않으면 창밖을 보며 생각하곤 했지. 뭐든지 대충 말하는 게 좋다. 하늘은 파랗다. 거리는 까맣고, 나무는 녹색이고, 사람들은 얼룩덜룩하다. 사람들의 생각도 얼룩덜룩할까…….

어느 순간부터 나는 글쓰기에 흥미를 잃었다. 민음사 블로그에 「소설 쓰기 싫은 날」을 연재하던 중이었는데 어느 날부터 아무것도 쓰고 싶지 않아져버렸다. 소설가의 인생은 소설 제목 따라간다는 말이 있긴 한데…… 그 미신을 믿진 않지만…… 설마……. 아무튼 처음에는 이럴 땐 소설을 쓰지 않고 몇 개월이고 쉬면 다시 소설 쓰고 싶은 날이 찾아오기 마련이어서 대수롭지 않게 생각했던 것도 있다. 단순 슬럼프일지도 모르니까. 그래서 「소설 쓰기 싫은 날」도 휴재하고 청탁도 오는 족족 거절했는데…… 그런데 시간이 지날수록 지금 이건 예전과 뭔가 다르다는 느낌이 들었다. 이건 진짜다……. 혹시나 해서 번아웃 증후군과 우울증 테스트를 해봤더니 다음과 같은 결과가 나왔다.

당신은 멘털 킹입니다!

처음에는 뭐가 문제인지 알 수 없었다. 그러나 가만히 생각해보니 어느 정도 짐작 가능했다. 복잡 미묘한 지점이 있긴 하지만…… 그래도 단순화하자면, 물리적으로 나이를 먹은 게 문제 아닐까. 일단 내가 쓰는 문장들이 마음에 들지 않았다. 나는 감각으로 승부하는 타입인데, 좀처럼 사십 대에 접어든 문장들이 마음에 들지 않았다. 무엇보다 상상력이 고장이 난 듯했다. 뭐랄까. 너무 신파조의 상상력만 발동된다고 할까. 『가정법』 같은 작품은 다시는 쓰지 못할 것 같다는 생각이 들었다. 이대로 성에 차지 않는 글을 쓰는 소설가로 살아갈 건가. 이 질문에 나는 스스로 대답했다. 아니, 그냥 소설을 관두는 게 낫지. 그런데 그러다가 소설이 또 좋아지면 어떻게 하지? 이왕 이렇게 된 거 이번에는 진짜 매몰차게 끊어내야 하는데 말이야……

이게 근래 내가 주야장천 제2의 인생을 부르짖는 이유다. 나는 기회가 될 때마다 다른 인생을 살고 싶다고, 다른 직업을 구하고 있다고 말하고 다녔는데, 말만 그렇게 할 뿐 뚜렷한 대안은 없었다. 홍보업체나 영화제작사 근무 경력을 살려 이력서를 돌렸지만 다른 것보다 나이가 애매하다는 이유로 면접조차 보지 못했다. 나이로 보면 대기업 차장급인데, 전업 작가를 제외한 직장 경력은 짧고 애매하다는 것이었다. 나머지 경력은

단 하나였다. 답십리도서관 상주 작가.

그럼 대체 어떤 일을 해서 먹고살란 말이야. 하루에도 몇 번씩 징징거리니까 진진은 아예 방향을 틀어보라고 조언했다. 처음부터 다시 시작해도 된다고, 우리의 평균 수명은 100세까지는 우습게 넘길 거라고, 이제 반도 안 왔다면서. 본인이 돈을 벌고 있으니 시간이 조금 걸리더라도 신중하게 생각해보라고…….

십 년 뒤 내가 퇴직할 수 있게 말이야.

진진이 덧붙였다. 회심의 미소를 지으며.

나는 진진의 말대로 방향을 전환했다. 내가 뭘 좋아하나 생각하다가 메이저리그를 떠올렸다. 어떻게 하면 메이저리그 해설가가 될 수 있냐고 자주 보는 유튜브에 댓글을 달았더니 현직 해설가가 라이브 방송에서 이렇게 말했다. 요새 개나 소나 메이저리그 해설가가 되고 싶다고 하는데요……. 또 뭐가 있더라…… 파티시에, 바리스타, 마을버스 기사, 보드게임방 창업, 초등학교 방과 후 글짓기 교사……. 그러다가 떠올린 게 작사가였다. 그래, 히트곡 서너 개 빡세게 만들고 100세까지 호의호식하는 거야. 슈퍼 이끌림 같은 조어는 나도 만들 수 있다고. 홀리 귀찮음? 메가 처절함? 와우 지랄병? 아무튼 작사가가 되기 위해 JYP, 하이브, SM, YG 같은 연예기획사에 예전에 썼던 시들을 변형해서 보냈다. 그러나 아무리 기다려도 회신이 없었다. 나름 서정시로 골라 보냈는데…… 답이라도 해주지. 되돌아보면 아무래도 똥이라는 단어가 너무 많이 들어간 것 같아. 그런데 똥이야말로 사람의 인생을 은유적으로 표현한 말 아닐까. 주둥은 나를 이렇게 부른다. 오똥빠. 오한기 + 똥 + 아빠.

그러고 보니 국문과 대학원을 수료한 뒤 한참 취직이 힘들었던 시절이 기억나네. 당시 나는 성남 본가에 얹혀살고 있었고, 생활고로 인해 머리가 회까닥 돌았

없는지 성남시청 홈페이지에 있는 성남시장 이메일 주소로 메일을 보냈다. 대략 이런 내용.

안녕하세요, 올해 등단한 신인 소설가 오한기라고
합니다. 성남에 평생을 거주 중인 시민이기도 하죠.
염치 불고하고 이렇게 시장님께 메일을 드린 건 현재
취업에 애를 먹고 있기 때문입니다. 이토록 청년 취업이
어려울 때 성남시청이 발 벗고 나서서 저를 채용한다면,
예술을 직업으로 삼고 있는 청년층에게 힘을 실어줄 수
있을 거라고 생각합니다. 아마 성남시청에도 글 쓰는
직무가 필요할 듯한데, 그 적임자로 제가 어떨까요?
포트폴리오를 첨부하오니…….

물론 거절당했다. 보도기사나 카피를 쓰는 직무가
어울리는 것 같은데, 정식 공고를 낼 테니 그때 지원하
시면……. 지금 보면 타당하기 그지없는 피드백인데,
어린 마음에 얼마나 쌍욕을 퍼부었는지 모른다. 게다

가 얼마 지나지 않아 홍보 직무자를 뽑길래 이력서를 보냈는데 서류 전형에서 광탈. 썩혀 죽일 새끼들…… 엄마, 아빠가 성남시에 세금을 얼마나 냈는데…….

나는 도전에 대해 열린 마음을 갖고 있다. 다소 어지럽게 보이더라도 결국엔 하나의 선을 그리게 될 거라는 믿음을 지니고 있으니까. 인생 이야기다. 진진이 나를 달래기 위해 한 말일 테지만, 대기업 정직원 와이프를 두고 있으니 든든한 것도 사실. 미안하고 속상하지만 힘든 시기를 진진에게 의지하며 지내고 있었다. 그러나 머지않아 상황은 격변했다. 제2의 인생이 필요한 건 나뿐만이 아니었다. 진진도 큰 위기를 맞이했는데, 다름 아니라 정리해고를 당한 것이다. 진진의 회사는 창사이래 가장 큰 재정적 위기에 봉착했고, 진진은 3개월치 급여라는 위로금을 받고 퇴사를 결정했다. 버텨보려고 했지만 정리해고 과정에서 상처만 입은 진진. 전세사기를 겪으면서 살짝 흑화되긴 했지만 내가 아는 사

람 중 가장 선하고 긍정적인 사람이었던 진진. 해고는
그런 진진마저도 이 세상을 선의로 해석할 수 없게 만
들었다.

내 상황이 이러하다 보니 진진은 쉴 틈도 없이 곧바
로 취업 전선에 뛰어들었다. 그러나 진진은 초등학교
저학년 자녀가 있다는 이유로 취직이 되지 않았다. 아
이가 있다는 사실을 숨기고 최종 면접까지 간 적도 있
는데 결국엔 들통나서 탈락. 남편이 육아를 전담한다
고 해도 마찬가지였다. 불현듯 100세 시대를 연 과학
과 의학의 발전이 결국엔 인간을 비참하게 만들 거라
는 생각이 들었다. 킬러로봇과 안락사 관련주에 투자
하고 싶다는 아이디어를 진진에게 말했더니 망상을 펼
칠 시간에 돈 벌 궁리나 하라며 혀를 끌끌 찼다.

그렇게 우리의 재정 상태는 결혼 이래 최악의 위기
를 맞게 됐다. 진진의 퇴직금과 약간의 적금, 전셋집 보

증금 일부를 제외하고는 일절 한 푼도 없게 된 것이다. 게다가 아빠가 네 번째 암 수술을 하는 상황이 닥쳤다. 오 년 동안 위암, 식도암, 두경부암을 차례로 앓아왔는데 마침내 후두암까지 발병한 것이다. 아빠는 아산병원에서 수술을 했고 의료파업의 영향으로 엄마가 간병인으로 들어가서 나오지 못했다. 나는 일주일에 한 번 성남 본가에 들러 화초에 물 주는 일을 비롯하여 엄마의 잔심부름을 했고, 진진에게는 미안하지만 생활비까지 조달해야 했다. 한평생 외동이라는 것에 만족했지만 이럴 때는 외동이라는 게 부담이 됐다. 형제가 있었다면 어땠을까. 글쎄, 진작 손절당하지 않았을까.

   슬픔은 나누면 반이 된다. 이 속담은 거짓이다. 슬픔은 나누면 무한대가 된다. 이렇게 바뀌어야지. 그러나 우리는 살아갈 길이 막막했고 슬픔을 나눌 수밖에 없었다.
   100세 인생이라면…… 우리는 겨우 3분의 1 조금

넘게 살았네.

여든 살까지만 살면 2분의 1이나 살았을 텐데…….

우리는 이런 식의 자조 섞인 대화를 나누며 하교 후 놀이터에서 친구들과 뛰어노는 주동을 바라보곤 했다. 다른 학부모와 다른 점은 우리는 둘이라는 것.

두 분 다 재택하시나 봐요.

언젠가 주동의 친구 엄마는 물었다.

네, 둘 다 프리랜서 비슷한 거죠, 뭐.

진진이 얼버무렸다.

데이트하시는 것 같고 보기 좋아요.

친구 엄마가 싱긋 웃었다.

아, 네. 감사합니다.

내가 고개를 끄덕였다. 진짜 우리가 데이트하는 것처럼 보이나? 데이트라기엔…… 겨울바람은 차디찼지만 춥다고 말하는 것조차 사치로 느껴질 정도로 착잡한 심정이었다. 우리는 주동이 움직이는 방향을 눈으로 따라가며 이 상황을 어떻게 타개해야 하는지 끊임

없이 대화를 나눴다. '연인 관계에서 위기를 맞으면 헤어지면 되지만, 부부 관계에서는 해결해야 한다'는 문장을 인스타그램에서 읽은 적이 있는데, 인스타그램 광고에 공감하는 날이 오다니……. 우리는 전세사기 이후 맞이한 두 번째 위기를 극복하자고 입을 모으면서도 그 방법에 있어서는 의견이 분분했다. 다만 한 가지 지점에서는 동의했다. 주동이 보기 부끄러운 짓은 하지 말자! 나는 불현듯 성인이 된 주동에게 범죄 행각이 발각되는 상상을 했다. 주동이 우리를 질책하자 나는 말한다. 주동아, 너를 키운 건 8할이 범죄다. 그러니 너도 범죄자야. 흐느끼며 감옥에 수감되는 주동……. 윽…… 나는 고개를 저으며 정신을 차렸다.

왜 그래?

진진이 인상을 찌푸렸다.

또 이상한 생각 했지?

아니, 아무것도 아니야.

내가 말했다. 그리고 생각했다. 이제야 비로소 어른

이 된 것 같다. 이어서 생각했다. 굳이 어른이 될 필요
가 있을까?

굼뜬 나와 달리 진진은 행동파였다. 나는 진진의
손에 이끌려 여러 가지 시도를 했다. 음식 배달, 다이
소 노브랜드 가성비 상품 리뷰 유튜브, 블로그 마케
팅……. 그러나 노동의 성취감이나 보수에 있어서 성
에 차는 게 하나도 없었다. 개중 기억에 남는 건 꽃 배
달이었다. 하남 도매시장에서 꽃을 떼다가 소분해서
고덕 아파트 단지에 파는 것이었다. 별도의 매장이나
플랫폼 없이 당근마켓이나 네이버 중고카페를 활용해
서 수수료 걱정은 없었다. 하루 10만 원 정도로 매출도
쏠쏠했다. 주문 포장은 진진이 담당했고, 배달은 내가
맡았다. 아침마다 조깅을 한 덕분에 체력이 좋아졌는
지 나름 수월하게 배달할 수 있었다. 나는 생각했다.
이 세상 모든 건 이어져 있구나.
한 달쯤 흘러 꽃 배달 사업이 어느 정도 안정기에 접

어들자 진진은 찝찝하다고 말했다. 나는 이유를 물었다.

주동이 보기 부끄러운 짓 하지 말자고 했잖아.

뭐가 부끄러운데?

또 이유를 묻자 진진은 세금을 내지 않는 것에 대해 죄책감을 느낀다고 답했다. 국세청에서 불시에 기습하면 어떻게 하냐고 걱정하면서. 순진하긴, 국세청이 할일이 없는 것도 아니고…… 우린 기껏해야 하루에 10만 원밖에 못 번다고. 나는 이렇게 말하려다 말고 진진을 달랬다. 좀만 참아봐. 사업이 좀 더 정상 궤도에 오르면 정식으로 사업자등록도 받고 제대로 세금도 내자고.

돈도 돈이지만 가장 마음에 드는 건 꽃을 파는 행위를 통해 구매자에게 행복과 안정, 아름다움 같은 긍정적인 가치를 선사할 수 있다는 점이었다. 내가 문학으로 이루지 못할 걸 꽃으로 이루다니……. 김칫국 마시고 있다는 생각은 들었지만 나는 진심으로 만족하고 있었고 남은 삶을 꽃과 함께하길 간절히 원하고 있었다. 그 무렵이었다. 나는 예상치 못한 이유로 사업을 접어야 했다. 주동이 학교 화단의 꽃을 꺾어서 친구들에게 팔기 시작했다고 담임교사에게 전화가 왔던 것이다. 왜 그랬냐고 주동에게 묻자 주동이 답했다.

꽃은 공짜인데 아빠는 왜 사서 팔아?

주동이 고개를 갸웃거렸다. 자식은 부모의 거울이다. 자식 이기는 부모 없다. 모든 속담은 틀리지만, 자식과 관련된 속담만은 예외다.

꽃 배달 사업을 접은 뒤 상황은 한층 더 악화됐다. 은행 금리가 높아지면서 전세대출 이자도 덩달아 높아졌다. 물가도 올라서 단골 분식집 김밥 한 줄도 5천 원이 넘어갔다. 지금이야 버틸 수 있어도 대책 없이 이대로 가다가는 파산할 게 뻔했다. 아무도 눈치채지 못할 정도로 살짝 다리를 절룩이지만, 그게 쌓이고 쌓여 어느 순간에는 결국 다리가 부러질 거라는 걸 알고 있는 느낌? 그러나 뒤가 막혀 있어서 앞으로 나아갈 수밖에 없는 상황? 그뿐이면 괜찮았다. 어느 날 나는 진짜 다리를 다쳤다. 조깅을 하다가 얼음판에 미끄러져서 왼쪽 발목을 삐끗했는데 금이 가서 병원에 입원한 것이다.

깁스를 한 채 병실에 누워 있을 때 한동안 연락이 끊겼던 선배에게 연락이 왔다. 다쳐서 입원했다고 하니까 할 이야기가 있다며 문병까지 왔다. 선배는 선물이라며 투명한 상자 하나를 내밀었다. 뭐지 싶었는데 자세히 보니 투명 상자는 사육장이었다. 사육장 안에는 손바닥보다 작은 생명체가 들어 있었다. 여러 층위의 브라운 빛깔을 띠는 레오파드 게코 도마뱀이 가만히 나를 노려보고 있었던 것이다. 소름 끼치도록 비인간적인 눈으로. 이 비현실적인 상황을 해석하기 위해 머리를 굴리고 있는데, 선배의 설명을 듣고 보니 그가 왜 병문안을 왔고 왜 도마뱀을 가지고 왔는지 이해할 수 있었다.

어디서부터 말해야 하나. 일단 선배는 내게 일을 도

와달라고 부탁하러 왔는데…… 아, 그 전에 선배 소개
부터 해야 할 텐데…… 그는 대학 영화 동아리 선배로,
기껏해야 제작사에 입사해 제작부 막내로 영화를 시
작했던 여타 선배들과 달리 시나리오를 써서 아카데미
각본상을 탄다며 영어 공부에 열을 올리던 특이한 사
람이었다. 나로서는 그와 친하게 지내서 나쁠 게 없었
다. 그가 연습 삼아 자막을 번역해준 덕분에, 당시엔 번
역되지 않았던 각종 고전과 B급 영화를 섭렵하게 된 것
이다. 그는 제대 후에 호주로 워킹홀리데이를 떠났는
데, 이유는 오직 영어를 갈고닦아 자막의 뉘앙스를 디
테일하게 파악하기 위해서였다. 선배는 그 뒤 십 년 넘
게 시나리오 공모전에 응모했지만 낙선했고, 언제부턴
가 연락이 끊겨버렸다. 그런 선배가 요새 하고 있는 건
해외 구매 대행이었다. 그것도 반려 도마뱀 구매 대행.
호주를 비롯한 오세아니아는 도마뱀 천국이었고, 멜
버른 어학원을 다닐 때 살았던 하숙집 주인의 알선으
로 시작한 사업은 말 그대로 대박이 났다. 특히 코로나

로 인해 반려동물이나 식물 기르기가 각광을 받으면서 선배의 인생은 전혀 다른 방향으로 풀려버렸다. 선배의 말을 듣던 중, 어느 순간 소름이 돋았다. 선배의 인생과 도마뱀을 연관시키고 있을 때 선배가 유독 데이비드 크로넨버그를 좋아했던 게 떠올랐기 때문이다. 내가 선배의 영향으로 데이비드 크로넨버그를 좋아했던 것도. 삶의 비밀이 풀리는 순간이었다.

뭐, 한 달에 3, 400쯤 벌겠지.

처음에는 거의 누운 채로 들었는데 선배에게 구체적으로 얼마를 버는지 듣자 자세는 공손해졌고 끝내는 나도 모르게 거의 이등병처럼 정자세로 앉아 있었다. 요새 강남에 건물을 보러 다니고 있다나……. 여기서 자세히 밝힐 수는 없지만 선배의 수입은 예상보다 많았다, 훨씬. 나는 속으로 외치고 있었다. 선배, 선배가 그 미친 영화들을 보여줘서 내 인생을 이렇게 망쳐버렸으니, 지금 당장 내 인생 책임지세요!

선배는 내게 자기 밑에서 일할 생각이 없냐고 말했다. 믿을 만한 사람이 필요하다나. 무슨 일이냐고 물으니 반품 업무라는 답이 돌아왔다. 구매 대행은 해외에서 물건을 가지고 오는 만큼 반품이 쉽지 않고, 여기에 더해 살아 있는 생물은 반품이 불가능하다고 보면 된다고 선배는 한숨을 푹 내쉬었다. 그럼 반품 불가 조건을 달면 되는 거 아닌가.

생각해봐, 요즘 세상에 반품이 안 되면 누가 사겠어?

선배가 되물었다.

그래도 단순 변심이면 너무한 거 아니에요? 양심도 없지…… 가까운 데서 가져온 것도 아니고. 이게 그냥 상품이냐고. 살아 있는 생명체인데…….

너 같으면 살래?

선배가 또 물었다. 선배 편을 들긴 했지만, 나는 선뜻 대답하지 못했다. 문득 내가 여태껏 주문하고 이유 없이 반품한 상품들이 눈앞을 스쳐 지나갔다. 그건 그렇고, 내 인생은 반품이 안 되나? 만약 나를 반품한다

치면, 사유는 변심이 되나 하자가 되나……. 사유는 그렇다 치고 어디로 반품해야 하나? 부모님? 우주? 머릿속으로 생각을 확장하고 있을 때 선배는 100명에 두세 명꼴로 반품을 신청한다며, 생물의 경우 택배사가 꺼리는 데다가 1인 기업 입장에서 직접 물품을 찾으러 가기도 일손이 달리고 어떻게 회수를 한다고 해도 해외로 돌려보내는 게 요원하다, 그러니 네가 맡아줬으면 좋겠다, 라고 설명했다. 단, 회수한 도마뱀을 알아서 처리해주는 게 조건이라고 했다.

당연히 되팔아도 되고.

선배가 선심을 쓰듯 말했다. 급여는 유류비 및 식대 별도에 하루 10만 원. 정식 근로계약에 고용보험 가입. 직접 고객의 클레임을 접하는 게 아니라 특별히 스트레스 받을 일도 없을 듯했다. 생각보다 괜찮은 알바라는 판단이 섰다. 게다가 회수한 도마뱀들을 되팔 수 있다면? 나는 파충류 반품 알바가 지금 이 순간 운명적으로 내게 다가온 이유를 생각했고, 대체 어떤 시나리

오인가 고민하며 의미화에 골몰했다. 나는 선배의 말을 흘려들으며 병실 협탁에 놓인 도마뱀을 바라봤다. 도마뱀은 고개를 갸웃하더니 모조 나무 위로 후다닥 뛰어올랐다. 파충류는 도통 모르겠고…… 반품이라면 혹시…… 진짜 내 인생을 반품할 기회라는 건가?

인생은 아이러니다. 한때 선배는 작가가 된 나를 부러워했는데, 지금 난 작가가 되지 않은 선배를 부러워한다. 와이프와 상의해보고 연락 주겠다며 선배를 돌려보낸 뒤 이러니저러니 해도 좋은 기회임은 분명하다고 생각하고 있을 때 진진과 주동이 병문안을 왔다. 반품 알바에 대해 말했더니 진진은 부정적인 반응을 보였다.

저번에도 말했을 텐데…… 아무리 힘들어도 주동이 보기 부끄러운 짓은 하지 말자고 했잖아.

진진이 덧붙였다. 나는 무슨 말인지 이해할 수 없었고, 이게 무슨 부끄러운 짓이냐고 물었다. 그사이 주동은 도마뱀을 보고 귀여워 귀여워를 연발하고 있었다. 아빠, 이 친구 이름을 뭘로 하는 게 좋을까, 라고 물으며.

일단 동물을 가둬놓고 사고판다는 게 마음에 안 들어.

진진이 주동을 곁눈질하며 답했다. 생각보다 더 근본적인 이유구나…… 이제야 무슨 말인지 짐작할 수 있었다.

그런데 그게…… 부끄러운 일은 아니잖아. 꽃 배달이랑은 경우가 또 다르지.

내가 말했다. 평소에는 진진이 반대하면 수긍하는 편이었으나, 이번엔 우리 가족의 생사가 걸린 일이라는 생각이 들었고, 이렇게 좋은 기회를 놓치고 싶지는 않았다.

진짜 몰라서 묻는 거야?

오버하지 마.

오버라고 생각해? 생명체를 사고파는 데 관련된 일이잖아. 게다가 반품하는 일이라니.

아니, 그럼 도마뱀 판매자, 구매자, 중개상들이 문제지, 우리가 뭐가 문제인데?

뭐가 문제냐니?

어떻게 보면 우리는 문제를 바로잡으려는 거라고. 그렇게 따지면 강아지, 고양이를 사고파는 행위도 문제 아니야? 너 어렸을 때 장인어른이 충무로에서 강아지 사 와서 키웠다고 했었잖아. 이름이 루비였나?

내가 되받아쳤다. 진진이 나를 노려봤다. 나는 그게 왜 잘못된 일이냐고 반복했다.

더군다나 법적으로 문제없는 사업인데…….

법이 다인 것 같아? 법적으로 문제없는 사업이면 다 괜찮아?

네 말대로라면 종이도 쓰면 안 되는 거겠네. 나무를 베는 거잖아.

나는 조금 억지를 부렸다.

그런데…… 그런데…….

진진은 반박할 말을 찾는 듯했다. 그때 타이밍 좋

게도 진진의 핸드폰 알림음이 울렸다. 주동의 미술학원비 납부 일자를 알리는 문자였다. 진진은 나를 바라봤다.

깁스!

그때 주동이 외쳤다. 우리는 동시에 주동을 바라봤다.

정했어. 이 친구 이름은 깁스야. 아빠가 깁스를 하고 있잖아!

주동이 내 발을 보며 씩 웃었다.

일주일 후 퇴원을 했다. 그리고 선배의 제안을 수락했다. 진진도 암묵적으로 동의했는지 별말이 없었다. 업무는 간단했다. 오전에 선배에게 반품 주소지를 전달받고, 임의대로 루트를 짜서 돌면 된다. 목표는 주동이가 방과 후 수업까지 마친 오후 세 시. 우리는 주동이 학교에 있는 여섯 시간 동안 수도권을 누볐고, 간혹 지방 스케줄이 있으면 주말에 맞춰 주동과 함께 여행

하는 느낌으로 떠돌았다.

　택배 상자를 싣기에는 차가 작다고 하니까 선배는 중고 SUV 한 대를 보내줬다. 뒷자리에 트렁크까지 넉넉하게 수납이 가능한 차였다. 아직 다리가 불편한 나는 운전을 도맡아 했다. 마치 크로넨버그의《크래쉬》처럼…… 내 육신과 중고 SUV를 기계적으로 결합한 느낌이랄까. 나는 중고차다. 2015년형 소렌토다! 나는 가속페달을 밟을 때마다 이렇게 중얼거렸는데, 그럴 때마다 진진은 나를 이상한 눈으로 봤다. 자기, 괜찮은 거 맞지?

　내가 보조라면 진진은 실질적인 리더였다. 내가 주차장에 대기하면, 진진은 택배 박스에 담긴 채 집 밖에 나와 있는 사육장을 수거했다. 수거 대상이 생물이다 보니 간혹 의외의 상황이 발생하기도 했다. 도마뱀이 달아난 경우라면 그나마 다행이었고, 간혹 도마뱀이 죽어 있기도 했는데 진진은 죄책감에 시달리며 엉엉 울기도 했다. 불쌍한 진진……. 그러나 진진은 굳은 의지를 보여주었다. 한동안 깁스를 핸들링하는 연습을 하더니 점점 익숙해져서 도마뱀을 손으로 잡을 수 있게 된 것이다. 그러니까 도마뱀 사체도 말이다.

레오파드 게코, 크레스티드 게코, 푸른나무왕도마뱀, 그린에놀, 초록나무왕도마뱀…… 도마뱀 종류는 생각보다 많았다. 처음에는 금방 되팔 수 있을 줄 알고 트렁크에 쌓아놨는데 오산이었다. 인터넷 마켓을 통해 파는 건 정식 사업자가 아니라 불가능했고, 당근마켓 같은 데 올려도 부적절한 매물이라며 게시물이 삭제되고 경고를 받았다. 직접 파충류 카페에 연락해 팔려고 해봤지만 가뜩이나 보유하고 있는 파충류의 수명이 길어서 처치 곤란이라며 우는소리를 했다. 동물원에 기증하려고도 해봤지만 신원과 사유를 캐묻는 통에 전화를 끊어버렸다. 인터넷에 검색해보니 도마뱀을 처분

하는 잔인한 방법들만 나와서 진진에게는 말하지 않았다. 진진 역시 이참에 파충류 카페를 오픈한다고 백방으로 알아봤는데, 계산해본 결과 오히려 적자라서 포기했다.

사육장은 점차 늘어났고 언제까지 차에 둘 수만은 없었다. 주동이 있는 집에 둘 수는 없는 노릇이고, 시작한 지 얼마 되지도 않았는데 선배한테 창고 대여 비용을 청구하기도 민망했다. 그렇다고 자비로 창고를 대여하기엔 배보다 배꼽이 커서 고민이었다. 어느 순간 좋은 방법이 떠올랐다. 아주 가까운 곳에 무상으로 사용할 수 있는 창고가 하나 있었다. 죄송하지만 아빠가 입원한 틈을 타 성남 본가에 갖다 두기로 한 것이다.

머지않아 본가는 도마뱀 소굴이 됐다. 처음에는 별생각 없었는데, 한 달이 지나니까 쉰 마리나 되는 도마뱀이 쌓였다. 문제는 그뿐이 아니었다. 도마뱀이 생존

하기 위해선 온도 24~26도, 습도 60%를 유지해야 하는데, 겨울이라서 항시 보일러를 틀고 가습기를 켜둬야 했다. 게다가 얼마나 많이 먹는지 아무리 먹이를 공수해도 부족했다. 더 소름 끼치는 건 도마뱀이 알을 깐다는 것이었다. 처음에는 수컷 한 마리가 사육장을 탈출했나 싶었는데…… 다음에는 새끼 도마뱀들이 태어나고…… 또 새끼 도마뱀들이 태어나고…… 두 달쯤 지나자 본가에는 도마뱀들이 가득했다. 어떻게 탈출했는지 집 안 곳곳에 도마뱀이 보였고, 보이지 않는 곳에도 우글거린다고 생각하니 공포영화의 무대가 된 것처럼 여겨졌다. 공포영화보다 무서운 건 이대로 도마뱀이 늘어나면 300만 원이 고스란히 도마뱀 먹이를 대기 위해 쓰일 판이라는 것이다. 도마뱀 지옥에 있자니, 왜 선배가 이런 일에 300만 원씩 주면서 알바를 고용했는지 알 법했다. 그것도 믿을 만한 사람으로.

그러던 어느 날이었다. 엄마에게 전화가 왔다. 옆집

에서 연락이 왔는데 우리 집에서 쿰쿰한 냄새가 나고 유난히 현관 밖 복도에 파리들이 꼬인다는 것이었다. 엄마는 나보고 왜 그러는지 집에 가보라고 했다.

너 그나저나 요새 집에 드나든다는데 무슨 일 있어?

엄마가 물었다. 나는 대충 집에 있는 책 때문에 그렇다고 얼버무렸다. 그리고 엄마는 빈집에 전기세가 50만 원이나 나왔던데 왜 이렇게 많이 나왔는지 모르겠다고 말했다. 마치 범인은 나뿐이라는 듯이. 나는 엄마한테 전기세 낼 돈을 보내주겠다며 입막음을 한 뒤 전화를 끊었다. 생각지도 못한 지출에 우울해진 나는 선배에게 곧장 전화를 걸어 하소연했다. 상황이 이러하니 관리비 명목으로 돈을 조금 더 주거나 창고를 마련해달라고. 그러나 선배는 냉정하게 거절했다. 「이스턴 프라미스」의 비고 모텐슨처럼.

그 무렵 나는 다리를 완전히 회복했다. 조깅을 해야 한다는 조바심이 났지만 마음의 여유가 없었다. 대신 운동도 할 겸 배민 도보 배달을 시작했다. 민음사에 연재 재개를 요청했고, 다시 「소설 쓰기 싫은 날」을 쓰기 시작했다. 다른 글들도 청탁이 오는 족족 받았다. 오전에는 배달 알바, 낮에는 도마뱀 반품 수거 알바, 주동을 재운 뒤에는 글을 쓰는 날들이 지속됐다. 제2의 인생은 무슨…… 그냥 진진의 말을 듣고 가만히 나 있을걸. 차라리 그랬으면 지금처럼 힘들지 않을 텐데…… 내 삶엔 아무런 변화도 없을 텐데…… 시나브로 고통 없이 다리가 부러지는 게 나을 텐데…… 고통 없이…….

「네이키드 린치」나 「비디오 드롬」에 나오는 환각 세계처럼 지치고 어지러운 날이 지속됐다. 진진과 주동이 잠든 밤, 나는 작업을 하고 침실로 들어가는 길에 깁스에게 먹이를 주곤 했다. 야행성인 탓에 깨어 있는 깁스를 보며 생각했지. 하늘은 파랗다. 거리는 까맣고, 나무는 녹색이고, 사람들은 얼룩덜룩하다. 사람들의 생각도 얼룩덜룩할까…… 아니, 도마뱀의 생각은……
도마뱀은 대체 어떤 생각을 할까. 깁스, 넌 어떤 생각
을 하니?

    일이 많아져서 체력이 부치니까 나도 모르게 신경
질을 부리는 날이 늘어갔다. 진진도 지친 기색이 역력
했고, 나름 화목하던 가정이 삭막해졌다. 주동도 우리
부부의 눈치를 살핀다는 걸 깨달았을 때 이대로는 안
되겠다는 생각이 들었다. 나는 선배에게 일을 그만두
겠다고 통보했다. 선배는 이유를 물었고 나는 개인적
인 사정이라고 둘러댔다. 선배는 좀만 참고 견디면 실
업급여 수급 조건이 된다며 아쉬워했다. 나는 창고를
제공해주고 도마뱀 처리를 해주면 더 할 생각이 있다
고 했지만 선배는 그건 어렵다며 퇴직금 조로 한 달 치
월급을 추가로 지급했다. 원래는 선배에게 도마뱀들을
떠넘기려고 했는데……. 명분을 잃은 나는 더는 아무
말도 하지 못했다. 완벽한 신 구성과 깔끔한 끝맺음.

이건 뭔가 데이비드 크로넨버그라기보다는 두기봉 같은데…….

진진도 애를 썼다. 다시 일자리를 찾기 시작했고, 오래지 않아 천호동에 위치한 중소기업에 취직한 것이다. 진진의 빈자리는 컸다. 진진이 출근을 하면서 도마뱀 돌보기는 온전히 내 몫이 됐고 솔직히 말해서 버겁기 그지없었다. 성남을 오가며 낭비하는 시간, 들어가는 돈, 본가에 갔을 때 느껴지는 덥고 습한 공기, 끊임없이 윙윙대는 초파리까지 모든 게 심기를 거슬렀다.

그냥 버릴까?

하도 답답해서 진진에게 직접적으로 물어본 적도 있었다. 하천이나 산에 나눠서 방생하면 티도 나지 않을 거라고 했다. 진진은 그건 방생이 아니라 살생이라고, 게다가 외래종 방생은 불법이라고 나를 밀월 보듯 바라봤다. 진진은 도마뱀들이 주인을 찾을 때까지 돌봐줘야 한다며 월급으로 사료를 사다 날랐다. 그래, 주동아, 인간이라면 아빠 대신 엄마를 닮아야 한다.

아빠, 깁스 특식 줘야지!

다행히 엄마를 닮아 착한 주동은 나를 볼 때마다 외치곤 한다.

진진의 야근이 잦아졌다. 부쩍 푸석하고 까칠해졌다. 언제부턴가 진진은 의식적이든 무의식적이든 더 이상 도마뱀들을 신경 쓰지 않았다. 내가 도마뱀 이야기를 꺼내도 못 들은 척하거나 아예 다른 말로 돌리기 일쑤였다. 마치 도마뱀 반품 알바를 했던 사실을 기억에서 지운 듯했다. 진진은 도마뱀 사룻값을 점차 낮게 책정했고, 나는 질 낮은 사료를 사면서도 달리 이유를 묻지 않았다. 그러던 어느 날이었다. 엄마에게서 전화가 왔다. 일주일 뒤에 퇴원을 한다는 것이었다.

병원이 많이 답답했나 봐. 집에 간다고 하니까 아빠가 얼마나 좋아하는지 몰라.

전화기 너머에서 엄마가 설레는 목소리로 말했다.

순간 본가에 우글거리고 있는 도마뱀들이 떠올랐고, 아빠가 퇴원하면 맞이할 소돔과 고모라가 머릿속에 그려졌다.

좀 더 병원에 있으면 안 돼?

나는 엄마에게 이렇게 말하고 싶었지만 차마 입이 떨어지지 않았다.

출근하는 진진을 붙잡고 사정을 말했더니 나를 원망 섞인 눈길로 바라봤다. 그 눈길에는 분명 모르는 척 기회를 주고 있었는데 왜 아직까지 처리하지 않았냐는 불만이 서려 있었다. 너 눈치가 그거밖에 안 돼? 네가 사회생활에 젬병인 이유를 알겠다. 뭐 이런 싫은 소리를 듣는 기분이랄까.

검색해봤어.

진진이 감정이 섞이지 않은 목소리로 말했다.

뭘?

파충류는 온도가 낮으면 금방 죽는대. 먹이를 먹지

않고는 꽤 오래 버틸 수 있지만 온도에는 민감하다고 하더라고. 또…… 관리비도 많이 나오잖아.

진진이 남 이야기를 전하듯 툭 던졌다.

뭐라고?

내가 깜짝 놀라 반사적으로 되물었다.

생각해봐, 굶어 죽는 것과 불에 타 죽는 것, 그리고 얼어 죽는 것 중 뭐가 덜 고통스러울지.

진진이 나를 바라봤다. 진진의 눈에서는 피로함을 제외한 아무런 감정도 읽히지 않았다.

그게 무슨…….

나는 차마 말을 잇지 못했다. 진진이 눈빛으로 같은 말을 반복했다. 나는 셋 중 무엇을 택할지 상상했고 얼어 죽는 방식으로 마음이 기울었다. 어쩌면…… 냉동 인간은, 아니, 냉동 도마뱀은 다시 살아날 수도 있으니까. 혹시나 우리가 지금보다 여유로워진다면…….

어머님, 아버님 오시는데 보일러 꺼두면 수도관 얼지도 모르니까, 꼭 수도는 졸졸졸 흐르게 틀어놓고.

진진이 집을 나서며 덧붙였다.

진진이 출근한 뒤 일어나지 않겠다고 버티는 주동을 간지럽혀서 깨우고 아침을 먹이고 가방을 싸고 치카치카를 해주고 등교까지 시켰다. 깁스에게 먹이를 준 뒤 차를 몰고 본가에 갔다. 문을 여니까 습도가 높아 불쾌했고 쿰쿰한 냄새가 코를 찔렀다. 내가 들어가자 사육장 안 도마뱀들이 일제히 나를 바라보는 느낌이 들어서 등골이 오싹했다. 집 안 어디엔가 돌아다니고 있는 도마뱀들이 나를 살해하기 위해 모의하고 있는 장면이 그려졌다. 머리와 이마에서 땀이 흘러 뚝뚝 떨어졌다. 외투를 벗은 뒤 밀웜을 사육장에 넣어줬다. 도마뱀들이 밀웜을 먹는 모습을 보다가 주방 수도를 졸졸졸 틀어놓고 나서 소파에 앉았다. 얼마간 시간이 흐른 뒤 나는 심호흡을 하고 보일러를 껐다.

주동의 하교 시간에 맞춰 집에 도착했다. 주동을 미

술학원에 데려다준 뒤 도서관에서 에세이를 쓰다가 주
동을 픽업하고 집으로 와서 퇴근한 진진과 저녁을 먹
었다.

저기, 오늘 엄마 집에 다녀왔는데…….

나는 진진을 바라봤다. 진진이 고개를 가로저으며
주동을 흘긋 봤다. 주동은 아무것도 모르는 듯 밥을
먹고 있었다. 나는 말을 돌려 요새 구상 중인 장편 이
야기를 했다. 진진은 여느 때처럼 아이디어가 기발하
긴 한데 대중성이 부족하다는 피드백을 줬다. 반면 주
동은 아이디어가 마음에 든다며 자신이 만화를 그릴
테니 나보고 글을 쓰라고, 만화책으로 출판하자고 했
다. 진진이 피식 웃었고, 우리는 오랜만에 킬킬거렸다.

아빠, 맞다. 깁스 밥은 줬어?

어느 순간 주동이 물었다.

응, 아까.

순진무구한 주동의 눈을 보며 나는 고개를 끄덕였다.

비가 오는 소리에 잠에서 깼다. 눈을 떠보니 동트기 전이었다. 진진도 주동도 잠들어 있었다. 살금살금 주방에 가서 물을 마시고 견과류를 한 움큼 집어 먹었다. 벽에 걸린 달력이 보였다. 잊고 있었는데, 피 검사 일자가 다가오고 있었다. 평생 약을 먹어야 될까 봐 불안했다. 혈관이 꽉 막힌 기분이 들었다. 세수를 한 뒤 트레이닝복에 기능성 등산 패딩을 걸치고 깁스의 먹이통에 사료를 넣었다. 모조 나무를 오르내리고 있는 깁스가 뭔가 부자연스러워 보였다. 가만히 보고 있으니 깁스는 뒷다리를 절고 있었다. 갑자기 왜 저러지. 혈관이 막혀서 조깅이라도 했나.

너도 100살까지 살고 싶니?

깁스에게 물었다. 깁스는 예의 그 휴머니즘이라곤 하나도 깃들어 있지 않은 눈동자로 나를 바라봤다.

주동 언니 학교 다녀오면 같이 병원에 가보자.

나는 한동안 도마뱀의 눈을 마주 보며 소통을 시도하다가 께름칙한 기분이 들어 눈을 뗐다.

트랙에 도착했다. 동이 터오고 있었다. 비는 잦아들었고, 내 몸에 닿은 빗방울은 금세 기능성 패딩에 스며들었다. 노래를 들을까 유튜브를 들을까 고민하다가 에어팟만 끼고 아무것도 플레이하지 않았다. 나라는 존재 위로 레이어가 하나 더 생긴 느낌이라 안정감이 들었다. 출발선에 섰다. 서너 사람이 앞서 뛰고 있었다. 나는 트랙을 돌기 시작했다. 비가 와서 그런지 다쳤던 왼쪽 발목이 갑자기 시큰거렸다. 트랙을 한 바퀴 돌아 다시 출발선에 다다랐을 때는 나 자신이 어딘가로 반품되는 중이라는 생각이 들었다.

| 수록 작품 발표 지면 |

「무료 주차장 찾기」……《현대문학》2023년 9월호

「숲 체험」……《굿닛》2023년 12월호

「반품 알바」……《릿터》2024년 8~9월호

작가의 말

　육아 에세이를 써달라는 작가정신 황민지 팀장님의 제안을 받고 애초에 구상했던 건 주동을 킥보드에 태운 채 강동을 산책하는 이야기였다. 제목은 '킥보드 타고 산책하기 좋은 날' 정도? '산책하기 좋은 날'의 제약이 코로나였다면, '킥보드 타고 산책하기 좋은 날'은 육아 그 자체였다. 코맥 매카시의 『로드』, 카트에 아이를 태운 채 멸망하는 세계를 횡단하는 이미지에서 착안한 것으로 처음에는 신나는 작업이 될 거라 생각했지만 예상보다 작업은 쉽지 않았다. 문제는 두 가지였다. 장거리 산책이 콘셉트인데, 아이와 함께 장시간 이동하는 게 쉽지 않다는 것. 그리고 고덕은 너무나 평화롭다는 것. 즉, 갈등 없음. 하다못해 전쟁이 나거나 좀비라도 나왔으면 당장 썼겠지. 방향을 선회해서 에세이가 아니라 육아와 가족을 테마로 소설을 쓰기로 결정하고 주동과 진진 캐릭터를 만든 뒤 작업은 한결 수월해졌다. 진진은 예전부터 내 소설에 나오던 여자친구, 동거인, 와이프 캐릭터의 변주였고, 주동은 단행본으로도 출간된 『나의 즐거운 육아 일기』에서부터 나온 딸 캐릭터였다. 진진이 해결사라면 주동은 몽상가. 글을 매개로 생계를 해결하기 위해 발버둥 치는 소설가가 주인공인 가족 시트콤들. 최근 문정동으로 이사를 했는데, 내 방 책상 앞에 앉아 『무료 주차장 찾기』 교정지를 보고 있으니 그야말로 시간의 흐름이 고스란히 느껴졌다. 고덕 일대를 떠돌며 수록작들을 썼던, 눈시울이 붉어질 만큼 그립지는 않지만 그렇다고 냉정하게 머리를 흔들어 떠나보내기는 못내 서운한 순간들. 인구

밀도가 높아진 동네로 오니까 맑은 공기, 고요함, 갈등 없음이 그리운 건가. 이런 감정들이 진지해지지 않는 건 금요일마다 고덕에 가야만 하기 때문이다. 내 의지는 아니다. 주동이 이사와 전학 조건으로 미술학원 라이딩을 요청한 것이다. 왕복 한 시간의 이동. 차를 타면 5분도 견디지 못하는 주동이 얼마나 미술학원에 가고 싶길래 징징거리지도 않을까. 안쓰럽기도 하고 기특하기도 하고. 블랙핑크와 아일릿을 좋아하는 주동이 덕분에 나도 아이돌 노래를 실컷 들으며 운전한다. 어쩌다가 내 취향의 노래를 틀면 주동은 윽! 하면서 귀를 막는다. 이게 귀가 썩는 느낌인가!라고 외치며. 주동을 미술학원에 들여보내고 나면 두 시간의 자유시간이 생긴다. 강일동 스타벅스에서 한 시간 작업하고 차를 몰아 고덕역 이마트로 향한다. 이게 전부 다 주차비 때문이다. 공연히 드넓은 이마트를 떠돌다 보면 몇 푼 아끼자고 이렇게까지 해야 하나 현타도 오고. 그러고 보니 나에게 육아란 곧 '무료 주차장 찾기'일 수도 있겠구

나. 무료 주차장이 무얼 상징하는지 정확히 설명하긴 힘들지만 어렴풋이 감이 잡히는 듯. 그렇게 이마트를 거닐고 있는데 어느 순간 「라이딩」이라는 소설이 떠올랐다. 주동을 미술학원에 라이딩해 주고 비는 두 시간, 주차비를 아끼기 위해 대형마트를 떠도는 소설가, 무료 주차장을 소개해준다며 내 앞에 나타난 정체불명의 인물, 그리고 마침내 모습을 드러내는 모종의 미스터리한 사건. 무슨 사건인지 떠올리는 건 머리 아파서 포기하고 대충 느낌만. 중요한 건 그게 무슨 사건이든 간에 두 시간 안에 주동을 픽업하러 가야만 한다는 것. 무조건. 목숨 걸고.

무료
주차장 찾기

초판 1쇄   2025년 4월 1일

지은이	오한기
펴낸이	박진숙
펴낸곳	작가정신
편집	황민지
디자인	이현희
마케팅	김영란
재무	이하은
인쇄 및 제본	한영문화사

주소 (10881)	경기도 파주시 광인사길 143 2층
대표전화	031-955-6230
팩스	031-955-6294
이메일	editor@jakka.co.kr
블로그	blog.naver.com/jakkapub
페이스북	facebook.com/jakkajungsin
인스타그램	instagram.com/jakkajungsin
홈페이지	www.jakka.co.kr

ISBN   979-11-6026-359-6 03810